JÚLIO VERNE

Miguel Strogoff
O CORREIO DO CZAR

• Traduzido e recontado por •
RACHEL DE QUEIROZ

José Olympio

RIO DE JANEIRO | 2022

CIP-BRASIL. CATALOGAÇÃO NA PUBLICAÇÃO SINDICATO
NACIONAL DOS EDITORES DE LIVROS, RJ.

V624m

      Verne, Júlio, 1828-1905
      Miguel Strogoff : o correio do czar / Júlio Verne ; tradução Rachel de
Queiroz. - 1. ed. - Rio de Janeiro : José Olympio, 2022.
Tradução de: Michel Strogoff
ISBN 978-65-5847-056-4
      1. Romance. 2. Literatura infantojuvenil francesa. I. Queiroz, Rachel
de. II. Título. III. Série.
Camila Donis Hartmann - Bibliotecária - CRB-7/6472

Copyright © Herdeiros de Rachel de Queiroz, 1972
Design de capa, projeto gráfico e diagramação de miolo: Renata Vidal
Ilustrações de capa e miolo (adaptadas): Julia Dreams / Creative Market
(ornamentos folclóricos); macrovector / Freepik (cavaleiro)

Texto revisado segundo o novo Acordo Ortográfico da Língua Portuguesa.

Todos os direitos reservados. Proibida a reprodução,
o armazenamento ou a transmissão de partes deste livro,
através de quaisquer meios, sem prévia autorização por escrito.

Reservam-se os direitos desta tradução à
EDITORA JOSÉ OLYMPIO LTDA.
Rua Argentina, 171 – 3º andar – São Cristóvão
20921-380 – Rio de Janeiro, RJ
Tel.: (21) 2585-2000.

Seja um leitor preferencial Record.
Cadastre-se em www.record.com.br
e receba informações sobre nossos
lançamentos e nossas promoções.

Atendimento e venda direta ao leitor:
sac@record.com.br

ISBN 978-65-5847-056-4

Impresso no Brasil
2022

Primeira parte

I

BAILE NO PALÁCIO NOVO

— Sire, mais um telegrama.

— De onde vem?

— De Tomsk.

— Para além de Tomsk o fio está cortado?

— Desde ontem.

— Mande passar um telegrama de hora em hora para Tomsk, general, e me mantenha informado.

— Sim, sire — respondeu o general Kissoff.

Eram duas horas da manhã e havia suntuoso baile no Palácio Novo. As orquestras dos regimentos Preobrajenski e Paulowski tocavam o melhor do seu repertório. Os pares dançantes enchiam os salões do novo palácio, construído junto à antiga Casa de Pedra, onde, no passado, se haviam desenrolado tantos dramas terríveis.

O baile fora maravilhosamente organizado pelo marechal da corte. As grã-duquesas e as damas de honra, cobertas de diamantes, davam o exemplo de animação às esposas dos altos funcionários civis e militares. E assim, quando soou a polonesa, com todos os convidados participando daquela espécie de dança nacional, a luz dos cem lustres iluminando o esplendor de trajes e joias, o espetáculo apresentava um brilho deslumbrante.

O grande salão, onde se centralizava o baile, era o mais belo do Palácio, cujo clarão de luzes se destacava no meio das ruas sombrias, perto das quais ficava o cais fluvial, onde grandes vultos escuros de barcaças carregadas desciam a corrente.

O responsável pela festa e seu principal personagem, aquele a quem o general Kissoff dera o título de "sire", vestia o singelo uniforme dos caçadores da guarda. Sua simplicidade contrastava com as fardas cintilantes dos militares presentes. Era homem alto, calmo, embora procurasse esconder uma grande preocupação, enquanto fazia as honras do baile, andando de grupo em grupo. Dois ou três políticos, entretanto, tinham percebido a preocupação do anfitrião, mas como o ilustre personagem parecia querer guardar para si os seus problemas, pessoa alguma pensaria em interpelá-lo.

O general Kissoff entregara ao homem fardado de caçador da guarda o telegrama de Tomsk e esperava respeitosamente ordem para retirar-se; mas a preocupação do ilustre personagem pareceu aumentar depois da leitura do telegrama. Chegara a levar a mão aos copos da espada e, por fim, conduziu o general para o vão de uma janela:

— Então, desde ontem estamos de comunicações cortadas com o grão-duque meu irmão?

— Sim, sire, e é de temer que em breve os telegramas já não atravessem a fronteira siberiana.

— Mas as tropas da província de Amur, de Iacutusque e da Transbaikalia não receberam ordem de marchar sobre Irkutsk?

— A ordem foi dada no último telegrama que conseguiu passar além do lago Baikal.

— Mas, apesar da invasão, continuamos ligados com os governos de Ienisseisque, Omsk, Semipalatinsk e Tobolsk?

— Sim, sire. Os tártaros ainda não passaram o Irtixe e o Obi.

— Há alguma notícia do traidor Ivan Ogareff?

— Nenhuma.

— Telegrafem os sinais de Ogareff a todas as cidades importantes, de Níjni Novgorod a Tomsk, a todos os lugares aonde ainda cheguem telegramas!

— As ordens de vossa majestade serão cumpridas imediatamente.

— E guardem silêncio sobre o assunto.

O general inclinou-se numa respeitosa reverência, desaparecendo depois discretamente, enquanto o anfitrião retornava ao salão de baile, onde ninguém lhe percebeu a preocupação.

Contudo, os fatos graves que tinham sido objeto da conversa entre o czar e o general não eram tão ignorados quanto pensavam ambos, e embora neles não se falasse abertamente, por receio da censura, algumas figuras importantes já sabiam do que estava acontecendo para além da fronteira com a Sibéria. Entretanto, esse grave assunto, que nem os membros do corpo diplomático ousavam comentar, era discutido em voz baixa por dois convidados que não ostentavam qualquer condecoração, mas pareciam muitíssimo bem informados, embora ninguém soubesse como haviam se inteirado das notícias, possivelmente apenas guiados pelo faro profissional.

Um era inglês, o outro, francês, ambos altos e magros. Um, moreno do Mediterrâneo, o outro, louro do mar do Norte. Um, fleumático, de fala lenta, quase sem gestos; o outro, loquaz, petulante, cheio de movimentos de rosto, braços, mãos, corpo. O francês era todo olhos, o inglês, todo ouvidos. Um tinha uma vista excelente e uma extraordinária memória visual. O outro se especializara na escuta e tinha uma rara memória auditiva, qualidades que lhes serviam excelentemente no ofício. O inglês era correspondente do *Daily Telegraph* e o francês correspondente do... Bem, o nome do jornal ele não dizia, contando em tom de brincadeira que se correspondia com sua "prima Madalena" e apesar de tão expansivo e extrovertido talvez na realidade fosse até mais discreto do que o calado inglês. Ambos adoravam a profissão e arriscavam tudo, inclusive a vida, para obter um furo de reportagem, recebendo de seus jornais dinheiro suficiente para o uso dos melhores meios de transporte e informação, em busca da chamada "grande reportagem política e militar".

O correspondente francês chamava-se Alcide Jolivet e o inglês, Harry Blount. Tinham vindo cobrir a festa do Palácio Novo, e, embora o espírito de competição os devesse separar, o interesse comum pela notícia os reunia, pois ambos farejavam naquela noite algum mistério no ar:

— Mesmo que não passe de uma revoada de boatos — dizia Jolivet para si mesmo —, merece um tiro de espingarda!

Os dois se haviam reunido logo depois da saída do general Kissoff e se tateavam.

— Festinha simpática — dizia o francês.

— Já telegrafei: "Esplêndida!" — respondeu o inglês.

— E, apesar disso, achei que deveria fazer notar à minha prima...

— Sua prima? — indagou surpreso Harry Blount.

— Sim, minha prima Madalena... É com ela que me correspondo! Minha prima adora viver bem informada! Fiz-lhe notar que, nesta festa, há uma espécie de nuvem sombreando o rosto do monarca.

— Pois achei-o muito alegre — disse fingidamente o inglês.

— E então mandou-o alegrar as colunas do *Daily Telegraph*!

— Isso mesmo.

— Lembra-se, Mr. Blount — falou Jolivet —, do que aconteceu em Zakręt em 1812?

— Lembro-me como se fosse testemunha ocular — respondeu o inglês.

— Então recorda que, durante uma festa em sua honra, o imperador Alexandre, depois de informado de que

Napoleão atravessara o Niêmen com a vanguarda francesa, continuou na festa e nada deixou transparecer, apesar da gravidade da notícia que poderia lhe custar o trono.

— E o mesmo faz o dono desta festa, ao saber pelo general Kissoff que os fios do telégrafo foram cortados entre a fronteira e o governo de Irkutsk.

— Ah, sabe disso?

— Sei.

— Eu também, pois meu último telegrama chegou até Udinsk — disse Jolivet satisfeito.

— O meu só alcançou Krasnoyarsk — respondeu o inglês, igualmente satisfeito.

— Então sabe também das ordens do czar para as tropas de Nicolaevsky?

— Sim, e que mandaram os cossacos de Tobolsk se concentrarem.

— Isso mesmo! E espero que amanhã minha prima já saiba disso!

— O mesmo digo eu dos leitores do *Daily Telegraph*, Mr. Jolivet.

— Seria interessante acompanhar essa campanha, Mr. Blount.

— Pretendo acompanhá-la.

— Então talvez nos encontraremos em terreno menos firme que o piso deste salão, embora não tão escorregadio! — disse o francês, amparando o colega que escorregara ao recuar.

Separaram-se os dois jornalistas, satisfeitos porque nenhum deles parecia mais bem informado que o colega.

Abriram-se então as portas do magnífico bufê, e os convidados se encaminharam para as mesas. O general Kissoff, que voltara nesse momento, aproximou-se do homem fardado de oficial da guarda, que indagou, rápido:

— Então?

— Os telegramas já não vão além de Tomsk, sire.

— Então me mandem um correio, já!

O oficial em uniforme de caçador da guarda deixou o salão e entrou no seu gabinete de trabalho que lhe ficava contíguo. Abriu rapidamente a janela, como se estivesse sufocado, e ficou a respirar o ar puro da bela noite de julho, contemplando a grande cidade cheia de torres e minaretes, cujo variado e colorido casario se estendia até as margens do rio. O rio e a cidade chamavam-se Moscou, e o oficial fardado de caçador da guarda era o czar.

II

RUSSOS E TÁRTAROS

Muito graves deviam ser os acontecimentos que se desenrolavam além da fronteira do Ural para que o czar se retirasse tão repentinamente da festa. E o eram realmente, pois uma temível invasão ameaçava as províncias siberianas.

A Sibéria, uma vasta região, que vai dos montes Urais ao Pacífico, limita-se ao sul com o Turquistão e o Império Chinês e, ao norte, com o oceano Glacial Ártico. Divide-se em governos ou províncias — Tobolsk, Ienissei, Irkutsk, Omsk e Iacutusque — e inclui o Ocotsque, o Canchatca, a terra dos quirguizes e a dos chutchis.

Local de deportação para criminosos comuns e exilados políticos, possui dois governadores-gerais, representantes do czar, um residente em Irkutsk, capital da Sibéria Oriental, o outro em Tobolsk, capital da Sibéria Ocidental. Nenhuma estrada de ferro corta suas ricas planícies, sendo as viagens realizadas em *tarentass* ou telega, durante o verão, e, de trenó, no inverno.

Apenas o telégrafo liga as cidades siberianas entre si e a Sibéria à Rússia europeia, e por isso o czar, ao ter notícia de que o fio telegráfico fora cortado, pedira imediatamente um correio.

O czar encontrava-se em seu gabinete quando apareceu o chefe de polícia.

— Entre e diga tudo o que sabe a respeito de Ivan Ogareff — ordenou o monarca.

— É um homem perigosíssimo, sire.

— Tinha o posto de coronel?

— Sim, sire.

— Era um oficial inteligente?

— Inteligentíssimo, de uma ambição desenfreada. Meteu-se logo em intrigas, perdeu o posto, por ordem de sua alteza o grão-duque, e foi exilado para a Sibéria.

— Quando?

— Há dois anos. Foi, porém, indultado por vossa majestade e retornou à Rússia. Logo depois voltou à Sibéria, então voluntariamente.

— Depois disso, ainda retornou à Rússia? A polícia lhe perdeu a pista?

— Não, sire. Um condenado só se torna mesmo perigoso depois que é indultado. Sabíamos que ele estava em Perm. Parecia inocentemente desocupado. Por isso não era vigiado mais estreitamente. Deixou Perm em março...

— E foi para onde?

— Não se sabe, e também se ignora o que anda fazendo.

— Pois eu sei — retrucou o czar. — Tive avisos anônimos que, pelo exposto, devem ser exatos.

— Vossa majestade quer dizer que Ivan Ogareff está envolvido na invasão tártara?

— Sim, general. Saiba que Ivan Ogareff atravessou os Urais e entrou na Sibéria, onde tentou levantar os quirguizes nômades. Desceu para o Turquistão, ao sul, e conseguiu o apoio de chefes rebeldes, dispostos a lançar as hordas tártaras contra a Rússia asiática. A conspiração foi secreta, mas rebentou agora, e em consequência estão cortados os meios de comunicação entre a Sibéria Oriental e a Ocidental. E, além do mais, Ivan Ogareff quer vingar-se na pessoa de meu irmão!

O chefe de polícia, depois de uma pausa, perguntou ao agitado czar:

— Vossa majestade ordenou que repelissem a invasão?

— Claro.

O imperador fez então ao general uma exposição dos movimentos de tropas que ordenara, acrescentando, no entanto, que seriam necessárias algumas semanas para que elas pudessem alcançar as colunas tártaras!

— E sua alteza o grão-duque, em Irkutsk, apesar de estar agora sem comunicação com Moscou, deve ter recebido os últimos telegramas e já sabe de onde esperar socorro.

— Sabe, sim, mas ignora que Ivan Ogareff, além de rebelde, é traidor e seu inimigo pessoal. Embora o tenha punido, o grão-duque não o conhece pessoalmente, e Ogareff, que sob um nome falso pretende ir a Irkutsk oferecer seus serviços a meu irmão, poderá entregar a cidade e o grão-duque aos rebeldes. Por isso desejo que meu irmão seja o mais breve possível informado do plano do traidor.

— Só um correio, majestade, um homem inteligente e corajoso...

— Já o espero.

— ...e que tenha cuidado, sire, porque as províncias siberianas são muito propícias a rebeliões!

— Quer dizer que os siberianos são capazes de se juntarem aos invasores? — perguntou o czar, exaltado. — Pensei que os exilados fossem mais patriotas.

— Mas há outros condenados na Sibéria, majestade. Os criminosos comuns.

— Esses, talvez! Mas essa invasão não é contra o imperador, é contra a Rússia. E não creio que russo nenhum se alie a um tártaro para enfraquecer o poder moscovita!

O czar tinha razão em confiar no patriotismo dos exilados. Era de recear, porém, que grande parte da população quirguiz se aliasse aos invasores.

Os quirguizes se dividiam em três hordas, com quatrocentas mil tendas e dois milhões de almas; suas tribos, algumas das quais eram independentes, reconheciam ora a soberania da Rússia, ora a de diversos cãs tártaros. Um levante dessas populações significaria desde logo a separação da Sibéria, a leste do Ienissei, mesmo considerando a falta de experiência de guerra dos quirguizes, mais salteadores que soldados. Um quadrado de infantaria russa e um único canhão poderiam destruí-los em massa, o problema era levá-los até a região, pois, com a lama que havia agora nas estradas, semanas se passariam antes que as tropas russas pudessem alcançar as hordas tártaras.

Omsk, centro militar da Sibéria, tinha a responsabilidade de manter em paz as populações quirguizes e estaria seriamente ameaçada se os vários grandes sultões nativos resolvessem aceitar, voluntária ou involuntariamente, o domínio dos tártaros, que, também muçulmanos, tentavam de há muito, por todos os meios, tomar os quirguizes ao domínio moscovita.

Esses tártaros, de raça caucásica, tinham em Bucara seu grupo mais importante. A Rússia já os combatera várias vezes, e o chefe atual, Feofar Khan, seguia a mesma política dos seus antecessores. O canato de Bucara, protegido por altas montanhas, com dois milhões e meio de almas e um exército de sessenta mil homens, triplicado em tempo de guerra, era um inimigo temível, e a Rússia via-se forçada a lhe opor forças importantes.

Governava essa parte da Tartária o ambicioso e feroz emir Feofar Khan, que, aliado aos demais cãs e contando com a valiosa colaboração de Ivan Ogareff, iniciara a invasão da Sibéria, que repelira as poucas tropas de cossacos do czar e avançara a ferro e fogo para além do lago Baikal, arrastando consigo os quirguizes, como um moderno Gengis Khan.

Com o corte do telégrafo, era impossível conhecer a posição exata das tropas do emir e prevenir o grão-duque da ameaça que pairava sobre a sua vida. Somente um correio poderia substituir o telégrafo, mas necessitaria não apenas de tempo para percorrer as 5.200 verstas (5.500 km) que separam Moscou de Irkutsk como de inteligência e coragem incomuns para atravessar as linhas tártaras.

Será que conseguirei um homem assim? — perguntava a si mesmo o czar.

III

MIGUEL STROGOFF

Abriu-se a porta e anunciaram o general Kissoff.

— E o correio? — perguntou o czar. — Encontraram um homem à altura da missão?

— Ouso dizer que sim.

— É do serviço do Palácio? Conhece-o, general?

— Sim, majestade. Conheço-o pessoalmente; já tem dado conta de várias missões difíceis, no estrangeiro e na própria Sibéria.

— De onde é?

— De Omsk. É siberiano.

— Que idade tem?

— Trinta anos, majestade. E ninguém estaria mais capacitado a realizar essa missão. É forte, resistente, corajoso e de uma lealdade a toda prova.

— Como se chama?

— Miguel Strogoff, e espera na sala da guarda as ordens de vossa majestade.

— Chamem o homem — ordenou o czar.

Pouco depois o correio Miguel Strogoff entrava no gabinete imperial. Um rapaz alto, forte, bonito, robusto, largo de ombros e peito, de porte elegante e passo firme, cuja cabeleira abundante era encaracolada e rebelde, mesmo quando coberta pelo gorro moscovita. Na face pálida, os olhos de um azul-escuro denotavam lealdade e coragem.

Miguel Strogoff era sóbrio de gestos, mas ágil e vivo no andar, tinha um temperamento decidido, de reflexos quase imediatos, sem se perder em incertezas. Vestia farda elegante, com peliça forrada de peles semelhante à dos caçadores da guarda, e trazia ao peito uma cruz e várias condecorações. Pertencia ao corpo especial dos correios do czar, e tinha posto de oficial nessa organização de elite. O czar não tardou a reconhecê-lo como um executor de ordens, e, na verdade, ninguém melhor que Miguel Strogoff poderia levar a cabo a perigosa viagem de Moscou a Irkutsk, através das hordas invasoras.

Além do mais, o correio, sendo siberiano, conhecia admiravelmente a região a atravessar e falava os seus vários dialetos. Seu pai, Pedro Strogoff, morto havia dez anos, era habitante de Omsk, e a mãe, Marfa Strogoff, ainda lá residia. Educado na estepe pelo temível caçador siberiano, Miguel tornou-se também exímio caçador, não temendo nem os verões escaldantes nem os rigores dos invernos, às vezes de cinquenta graus abaixo de zero, nada ficando a dever ao pai que chegara a abater mais de quarenta ursos siberianos — a caça mais importante da região —, desmentindo assim a velha superstição que considera o quadragésimo fatal ao matador.

Aos catorze anos, Miguel Strogoff, que desde os onze acompanhava o pai nas frequentes incursões pela estepe, matara seu primeiro urso. A vida na estepe dera-lhe uma força e resistência incomuns e o rapaz podia passar vinte e quatro horas sem comer e dez noites sem dormir, sem aparentar excessivo desgaste físico, conseguindo sobreviver onde outros em pouco tempo morreriam. Era capaz de guiar-se em plena noite polar, pois o pai lhe ensinara os segredos da orientação — valendo-se de sinais quase imperceptíveis na neve e nas árvores, no vento, no voo dos pássaros.

Miguel amava extremosamente a mãe, a velha Marfa, que não quisera jamais sair da velha mansão dos Strogoff em Omsk, às margens do Irtixe, onde vivera com o seu marido caçador. O filho a deixou pesaroso, prometendo voltar sempre que pudesse, promessa que cumprira religiosamente.

Aos vinte anos, Miguel Strogoff entrara para o serviço especial do imperador, no corpo dos correios do czar, e logo se distinguira numa perigosa viagem ao Cáucaso, durante uma rebelião à qual se seguira uma missão no Canchatca, nos confins da Ásia, conseguindo por suas raras qualidades de inteligência e coração uma rápida ascensão. As férias, depois das difíceis missões, passava-as com a mãe, por mais longe que estivesse, mas havia três anos não a via, preso por difícil tarefa no sul do Império. Preparava-se no momento para gozar de nova licença em Omsk, quando o chamaram a mando do czar e prontamente obedeceu, ignorando por completo para que o queriam.

O czar observava em silêncio o homem que se mantinha imóvel à sua frente. Aparentemente satisfeito com o exame, dirigiu-se à escrivaninha, chamou o chefe de polícia e lhe ditou em voz baixa uma carta de poucas linhas, que foi lida, assinada e em seguida lacrada com as armas imperiais. O czar fez então sinal a Miguel Strogoff, que avançou alguns passos e de novo ficou em posição de sentido.

— Seu nome?

— Miguel Strogoff, sire.

— Posto?

— Capitão dos correios do czar.

— Conhece a Sibéria?

— Sou siberiano, sire. Nasci em Omsk.

— Tem parentes em Omsk?

— Minha velha mãe.

O czar mostrou a carta:

— Eu lhe confio esta carta, Miguel Strogoff, para que a entregue em mão própria ao grão-duque, e a mais ninguém. O grão-duque está em Irkutsk.

— Irei entregá-la em Irkutsk.

— Terá que atravessar uma região rebelada, invadida pelos tártaros, que tudo farão para interceptar esta carta. E desconfie de todos, sobretudo do traidor Ivan Ogareff, que procurará impedi-lo por todos os meios de cumprir sua missão.

— Terei cuidado, sire.

— Vai passar por Omsk? Se vir sua mãe, arrisca-se a ser reconhecido. Não deve se avistar com sua mãe!

Miguel Strogoff teve um segundo de hesitação, mas declarou com firmeza:

— Não irei vê-la.

— Jure que nada o fará confessar sua identidade, nem seu destino.

— Juro.

— Miguel Strogoff — disse então o czar, entregando a carta ao capitão —, desta carta depende a salvação de toda a Sibéria e talvez a vida do grão-duque meu irmão.

— A carta será entregue a sua alteza. Só não chegarei lá se me matarem.

— Preciso que viva, capitão!

— Viverei e cumprirei a missão, majestade — respondeu Miguel Strogoff.

O czar parecia satisfeito:

— Vá, pois, Miguel Strogoff, pela Rússia, por meu irmão e por mim.

Miguel fez continência e, pouco depois, deixava o Palácio Novo.

— Parece que escolheu bem — disse o czar ao general.

— Sim, sire. Ele há de fazer tudo o que for humanamente possível.

— Parece de fato um homem leal e corajoso — respondeu o czar.

IV

DE MOSCOU A NÍJNI NOVGOROD

Miguel Strogoff deveria percorrer uma distância de cinco mil e duzentas verstas, ou seja, cinco mil e quinhentos quilômetros. Os correios imperiais, a cuja disposição ficavam todos os meios de transporte, faziam esse percurso até em dezoito dias, mas os viajantes comuns gastavam de quatro a cinco semanas na viagem.

Miguel Strogoff, que não temia frio nem neve, preferiria atravessar a Sibéria durante o inverno, pois a neve nivela a estepe e solidifica os rios, permitindo que o percurso inteiro possa ser realizado por trenó. Infelizmente, o correio do czar não tinha direito de escolha e precisava partir imediatamente. Não se encontrava além disso na situação de correio do czar, sendo mesmo imperioso que ninguém viesse a suspeitar dessa condição. O general Kissoff lhe fornecera uma soma substancial de dinheiro para lhe permitir viajar com facilidade, mas não lhe dera nenhuma ordem escrita que indicasse: "serviço do czar", equivalente a um *abre-te, Sésamo*, em todas as províncias do Império. Entregara-lhe apenas um *podaroshna*.

Esse *podaroshna*, que fora feito em nome de Nicolau Korpanoff, negociante, residente em Irkutsk, autorizava-o a se fazer acompanhar de uma ou mais pessoas, se necessário, e permitia-lhe viajar mesmo no caso em que o governo moscovita proibisse a todos os outros súditos a saída do país.

O *podaroshna* é apenas uma licença para obter cavalos de posta, mas Miguel Strogoff só o deveria utilizar em território europeu, pois nas províncias conflagradas da Sibéria qualquer permissão especial o tornaria suspeito. O rapaz teria portanto de se fazer passar pelo negociante Korpanoff, viajando de Moscou a Irkutsk como qualquer pessoa comum.

As primeiras mil e quatrocentas verstas, dentro da Rússia europeia, seriam fáceis de percorrer e o correio poderia andar de trem, diligência ou barco a vapor, como qualquer viajante.

E assim, nessa manhã de 16 de julho, à paisana, levando às costas um saco de viagem, usando calças, botas e blusa de mujique, Miguel Strogoff dirigiu-se à estação ferroviária. Ostensivamente não portava armas, mas levava ocultos um revólver e sua faca de caçador siberiano.

O trem deveria, em dez horas, levar Miguel até Níjni Novgorod, término da ferrovia, de onde o rapaz partiria por terra ou viajaria de barco pelo Volga, na direção dos montes Urais.

O correio do czar sentou-se discretamente no seu banco, fingindo cochilar, mas ouvindo atentamente os discretos comentários dos companheiros de carro sobre o levante dos quirguizes e a invasão tártara, já de conhecimento geral. A maioria dos passageiros era composta de mercadores que se dirigiam à célebre feira de Níjni Novgorod e comentavam principalmente os efeitos que a revolução produziria no seu comércio e os possíveis prejuízos ou lucros com a nova situação. Mas os comentários eram sempre feitos com a maior circunspecção e ninguém discutia as intenções do governo imperial.

Essa reserva era atentamente observada por um estrangeiro que viajava no mesmo trem, cujas constantes perguntas só logravam obter evasivas respostas.

O viajante, que não era outro senão o correspondente Alcide Jolivet, espiava a paisagem, perguntava o nome dos lugares, indagava do seu comércio, indústria e número de habitantes e escrevia as informações num caderno de notas, alegando que pretendia assim satisfazer a curiosidade de "uma prima". Os russos, que o tomavam por espião, nada diziam, porém, sobre a invasão tártara, e Jolivet anotou no caderno: "Viajantes discretíssimos. Nada sobre política."

Em outro compartimento, viajava também Harry Blount, o confrade de Jolivet, que, pouco conversador e muito observador, não inspirava as mesmas desconfianças que Jolivet, e obtinha da conversa dos vizinhos valiosas informações sobre a invasão e seus reflexos no comércio com a Ásia Central. E Blount pôde assim anotar: "Viajantes muito inquietos. Com uma liberdade de espantar, entre o Volga e o Vístula só falam de guerra!"

O governo tomava evidentemente medidas severas para evitar que se alastrasse a rebelião. Aliás, a polícia não descobrira ainda qualquer vestígio de Ivan Ogareff, ignorando se ele já estaria com Feofar Khan ou continuava a fomentar a revolta no governo de Níjni Novgorod, que nessa época do ano fervilhava de forasteiros. Até então o traidor conseguira escapar a todas as buscas e provavelmente já se reunira ao exército tártaro, mas em cada estação de parada inspetores de polícia examinavam minuciosamente os viajantes, por ordem do chefe de polícia, detendo todos os suspeitos. E o trem sempre partia sem esperar pelos detidos porventura liberados.

Miguel Strogoff, porém, com os documentos em ordem, não temia qualquer ação policial.

Na estação de Vladimir subiram novos viajantes, entre os quais uma moça que entrou no compartimento em que viajava Miguel Strogoff e ocupou um lugar vazio ao lado do correio do czar, pondo no colo um modesto saco de viagem que parecia sua única bagagem. E de olhos baixos, sem olhar sequer os companheiros, acomodou-se para o trajeto que deveria durar algumas horas.

Miguel contemplou curiosamente a moça e ofereceu-lhe gentilmente o seu lugar — o assento da jovem ficava de costas para a máquina —, porém a viajante declinou da oferta com um movimento de cabeça.

A jovem aparentava dezesseis a dezessete anos, tinha um tipo eslavo e severo e uma notável beleza. Do lenço que trazia à cabeça escapavam espessos cabelos de um louro dourado. Possuía olhos castanhos, muito meigos, nariz reto, rosto fino e pálido, e boca perfeita, embora parecesse ignorar o sorriso. Era alta, esbelta, pelo que se podia julgar do corpo envolto pela simples e ampla peliça que a vestia. Embora muito jovem, seus traços davam a impressão de grande força moral — detalhe que não escapou a Miguel Strogoff — e pareciam indicar que já sofrera muito no passado e o futuro nada lhe prometia de risonho; via-se porém que estava disposta a lutar contra o infortúnio, com calma e coragem.

Essa a impressão que Miguel Strogoff teve à primeira vista da jovem passageira e, atraído pela sua meiga aparência, o rapaz continuou a olhá-la, embora disfarçadamente, evitando importuná-la.

A moça vestia-se modestamente, mas com simplicidade e esmero, e toda a sua bagagem estava contida no velho saco de couro fechado a chave, que carregava ao colo. Sua peliça era escura, sem mangas, a saia também escura, e as botas trabalhadas, de sola forte, como se fossem propositadamente escolhidas para enfrentar uma longa jornada. Miguel Strogoff teve a impressão de que a moça se vestia à moda da Livônia e admirou-se da sua resolução de viajar sozinha nas atuais circunstâncias, talvez a isso obrigada por um motivo imperioso.

Parecia acostumada ao isolamento, pelo jeito discreto como entrou no carro, o modo circunspecto com que se instalou no banco, procurando não incomodar ninguém, tudo indicando que se acostumara a viver só e a não contar com pessoa alguma. Miguel Strogoff, também reservado, não tentou dirigir-lhe a palavra. Ao ver, porém, a cabeça de um mercador adormecido resvalar para o ombro da moça, acordou-o rudemente. O homem resmungou zangado, mas um olhar desafiador de Miguel fez o dorminhoco se reclinar para o outro lado. A moça olhou para Miguel com silencioso agradecimento.

A doze verstas de Níjni Novgorod, numa curva bastante pronunciada da estrada, o trem sofreu um choque violento e descarrilou, causando enorme pânico entre os passageiros. Mal se abriram as portas, todos correram atropeladamente para a estrada e Miguel Strogoff pensou em proteger sua bela vizinha; viu, porém, que, enquanto os demais passageiros se empurravam aos gritos, a moça, apenas levemente pálida, e sem qualquer sinal de pânico, permanecia quieta em seu lugar.

O descarrilamento não fora grave, e depois de uma hora de espera o trem se pôs de novo em movimento. Às oito e meia chegava a Níjni Novgorod.

Antes que os passageiros desembarcassem, a polícia entrou no trem e os examinou cuidadosamente. Miguel Strogoff mostrou seu *podaroshna* e não teve dificuldades com os policiais. Os outros viajantes do carro foram também liberados.

A moça apresentou uma licença de viagem com selo especial, que o inspetor examinou com atenção, indagando depois:

— Vem de Riga e vai para Irkutsk?

— Sim.

— Que estrada pretende tomar?

— A estrada de Perm.

— Bem. Lembre-se de mandar visar sua licença pela polícia de Níjni Novgorod.

Miguel Strogoff ouviu o diálogo e sentiu-se surpreso e compadecido ao saber que a bela jovem, quase uma menina, estava a caminho da longínqua Sibéria, que os tártaros acabavam de invadir.

Abriram-se as portas dos carros e, antes que Miguel Strogoff se pudesse aproximar dela, a jovem livoniana desaparecera na multidão que se movimentava na plataforma.

UM DECRETO COM DOIS ARTIGOS

Em Níjni Novgorod, terminal da estrada de ferro e situada na confluência do Volga e do Oca, Miguel Strogoff devia deixar o trem. Cidade pequena, tinha agora, devido à feira, sua população decuplicada. Miguel Strogoff, com pressa de seguir viagem, foi à agência dos barcos a motor que descem o Volga e descobriu, desapontado, que teria de esperar até a manhã seguinte. Era um contratempo, mas não havia remédio senão esperar, pois em nenhuma outra condução chegaria mais depressa a Perm.

Saiu em busca de alojamento, conseguiu-o no albergue Cidade de Constantinopla e depois de jantar bem — pato recheado, iogurte e a cerveja local, *kvass* —, resolveu andar um pouco pelas ruas, antes de procurar o leito. Pensava na moça livoniana, sozinha numa cidade desconhecida, talvez importunada por algum rude e nômade feirante. Que irá fazer na Sibéria? Ele obedecia a uma ordem do czar, mas a moça, por que iria? E tinha autorização oficial, embora fosse tempo de guerra...

É possível que tivesse resolvido viajar antes da invasão... Talvez ignorasse... mas não, ouvira a conversa dos mercadores e não parecera assustada, nem pedira explicações. Coitadinha! Uma viagem tão longa! E talvez nunca chegasse a Irkutsk!

Caminhava havia cerca de uma hora, quando resolveu sentar-se num banco de praça, junto a uma grande cabana de madeira igual a várias outras nas proximidades.

De repente alguém lhe pôs a mão no ombro, e um homem alto, de voz rude, lhe perguntou o que fazia na praça. Miguel respondeu que descansava e o desconhecido ordenou-lhe que se aproximasse da luz. O correio lembrou-se de que precisava ser discreto e escusou-se, recuando uns dez passos. O estranho parecia um cigano de feira, e de fato, na sombra da cabana, Miguel pôde perceber uma carroça cigana.

O homem deu uns passos na direção de Miguel e ia talvez agredi-lo, quando se abriu a porta da cabana e surgiu uma mulher, que, se aproximando do desconhecido, disse, numa língua rude, que Miguel reconheceu como uma mistura de mongol e siberiano:

— Outro espião! Deixa-o e vem jantar; a *papluka** está esperando.

— E o cigano respondeu no mesmo dialeto, embora seu sotaque fosse muito diferente:

— É verdade, Sangarra! E amanhã já teremos partido.

— Amanhã?

— Sim, Sangarra. E é o Pai que nos envia... ao lugar aonde queremos ir!

E os dois entraram na cabana, fechando a porta.

Se esses ciganos queriam falar em segredo, enganaram-se comigo, pensou Miguel, que conhecia praticamente todos os dialetos usados entre a Tartária e o mar Glacial e apenas não entendera o sentido oculto da conversa entre os ciganos.

Uma hora mais tarde já se encontrava no albergue e dormindo a sono solto; acordou com sol claro, sem saber o que faria durante as cinco horas em que ainda teria de permanecer na cidade. Vestiu-se, escondeu com cuidado a carta imperial no forro da túnica,

---

* Espécie de bolo folhado.

fechou a sacola, colocou-a no ombro e, depois de pagar a despesa, deixou o albergue. Foi saber notícias do barco na agência de viagem e lhe confirmaram a hora da saída. E de repente pensou: *A moça livoniana vai para Perm e talvez também embarque no* Cáucaso. *Nesse caso, seremos companheiros de viagem.*

A cidade alta, com o seu *kremlin* semelhante ao de Moscou, parecia abandonada, mas na cidade baixa, onde se realizava a feira, eram intensos o burburinho e a movimentação. Na planície coberta de casas de madeira, disposta em ruas, erguia-se, também de madeira, o palácio provisório do governador-geral. Cada gênero de comércio tinha o seu quarteirão, aqui o dos ferros, mais além o das lãs, em seguida o das peles, e assim por diante, e desde a manhã cedo uma multidão já se comprimia nas ruas — russos, siberianos, alemães, cossacos, turcos, persas, gregos, árabes, hindus, chineses — negociando, numa grande confusão de línguas, uma enorme variedade de produtos das mais diversas procedências: minérios e metais trabalhados, tecidos finos do Oriente, joias, produtos da indústria europeia, artigos de quase todos os recantos do globo, movimentando nas transações centenas de milhões de rublos.

Atraídos pela feira chegaram também saltimbancos, ciganos, teatros ambulantes, circos de cavalinhos e feras e no meio da praça principal reuniu-se um coro de marinheiros do Volga que, sentados no chão, fingiam remar, cantando seus refrãos dolentes. Vendedores de pássaros cediam por alguns copeques seus belos e coloridos prisioneiros, para que os compradores os devolvessem à liberdade, segundo um velho costume local.

Assim se apresentaria a planície durante as seis semanas da feira. Depois, o imenso acampamento se desfaria, e a cidade voltaria à sua monotonia habitual.

Dois produtos da moderna civilização europeia podiam ser também vistos na feira de Níjni Novgorod: os senhores Harry Blount e Alcide Jolivet, que aproveitavam o tempo observando com curiosidade o barulhento e movimentado espetáculo, enquanto não chegava o momento de embarcarem no *Cáucaso*. Alcide Jolivet, que encontrara facilmente hospedagem, anotara informações otimistas sobre a cidade; já Harry Blount, depois de em vão procurar um quarto num albergue, tivera que dormir ao ar livre e planejava irritado um artigo contra uma cidade tão pouco hospitaleira.

Miguel Strogoff, cachimbo à boca, simulando despreocupação, também percorria a feira, observando a visível inquietação da multidão, com as recentes notícias da invasão tártara. Notou a ausência dos habituais cossacos que sempre ajudavam a polícia a manter a ordem e dos grupos alegres de soldados que nunca deixavam de estar presentes nessas ocasiões, todos certamente recolhidos aos quartéis. Oficiais, porém, eram vistos em quantidades, saindo do palácio do governador, e o chefe de polícia, atarefadíssimo, mantinha sua repartição dia e noite em funcionamento, para atender ao intenso movimento de toda espécie de solicitações, não só de habitantes da cidade como de viajantes nacionais e estrangeiros.

Miguel Strogoff estava na praça, quando ouviu dizer que o chefe de polícia fora chamado com urgência pelo governador-geral. Circulou logo em seguida a notícia de que medidas graves e excepcionais iam ser tomadas pelo governo, e começaram a surgir os mais desencontrados boatos. Falava-se já abertamente no próximo fechamento da feira e na iminente chegada dos tártaros, quando o chefe de polícia apareceu, escoltado por um destacamento de cossacos, que afastavam rudemente a multidão. Parando no centro da praça, o chefe de polícia desdobrou um papel e leu:

DECRETO DO GOVERNADOR DE NÍJNI NOVGOROD

1º   É proibido a qualquer súdito russo deixar a província, seja qual for o motivo.

2º   Ordena-se a todos os estrangeiros de origem asiática que deixem a província dentro de vinte e quatro horas.

VI

IRMÃO E IRMÃ

Essas medidas severas se impunham pelas circunstâncias. Com a proibição aos súditos russos de deixarem a província, talvez se conseguisse deter Ivan Ogareff, se o traidor ainda estivesse em Níjni Novgorod, privando assim Feofar Khan de um aliado temível.

E a expulsão dos estrangeiros asiáticos tinha em mira livrar a província do perigo que sua presença representava, todos eles espiões em potencial dos rebeldes. A repercussão de tais medidas foi, contudo, imensa; pois tanto os russos que queriam ir para leste como os asiáticos que haviam comparecido à feira viam os seus interesses sacrificados. E um murmúrio de protesto se elevou da multidão, imediatamente abafado pela repressão dos cossacos.

Começou então a retirada dos feirantes expulsos, apressada pelos gritos e empurrões dos agentes de polícia, que os obrigavam a seguir na direção do Cáucaso, uma vez que a Sibéria lhes estava proibida.

Ouvindo a leitura do decreto, Miguel Strogoff lembrou-se das palavras que escutara na véspera, no diálogo dos ciganos: "É o Pai que nos envia... ao lugar aonde queremos ir!" Claro, o Pai era o czar: assim o povo o chama! Como poderiam os ciganos ter adivinhado a medida agora posta em prática e aonde desejavam ir? Parece que o decreto do governo os beneficiara mais do que prejudicara.

Mas esse pensamento foi logo afastado pela lembrança da jovem livoniana e Miguel esqueceu os ciganos. Como poderia a pobre moça atravessar a fronteira? Russa, de Riga, não conseguiria deixar o território russo, pois a licença que obtivera de nada valeria no momento: a entrada da Sibéria lhe estava completamente fechada. Procurando um meio de ajudá-la sem prejudicar sua missão, Miguel pensava: *Ela deve ter tanta pressa quanto eu em chegar a Irkutsk, e viajando em sua companhia poderei protegê-la sem me atrasar. E, afinal, talvez ela me seja mais útil do que eu a ela; sua presença poderá afastar de mim qualquer suspeita. Um homem a percorrer sozinho a estepe pode ser facilmente identificado como um correio do czar. Em companhia dessa moça poderei convencer melhor os desconfiados de que sou realmente o Nicolau Korpanoff* de meu podaroshna. *Preciso descobri-la! Não é provável que tenha conseguido condução para sair de Níjni Novgorod. Deus me ajude a encontrá-la.*

E Miguel saiu da grande praça onde a confusão entre policiais e feirantes se agravara. A moça, por certo, ali não estaria.

Eram nove horas e o navio só partiria ao meio-dia. Dispunha, portanto, de mais de duas horas para encontrar sua companheira de viagem. Atravessou o Volga e começou a percorrer as ruas menos movimentadas e barulhentas, entrando inclusive nas igrejas à procura da jovem livoniana.

Às onze horas, Miguel achou que já era tempo de apresentar seu *podaroshna* ao chefe de polícia e, tornando a atravessar o rio, tomou a direção da delegacia policial, onde um grupo agitado de estrangeiros procurava regularizar seus documentos de viagem. Era grande a confusão e maior ainda a corrida a todos os possíveis meios de transporte.

Miguel atravessou o pátio a cotoveladas e com uma gorjeta a um inspetor conseguiu chegar à sala de espera. Enquanto aguardava sua vez de ser atendido, Miguel olhou em redor e viu, prostrada num banco, a moça livoniana, que parecia dominada por mudo desespero.

Ignorando decerto o decreto do governador, a jovem viera pedir que lhe visassem a licença de viagem e fora surpreendida com uma recusa.

Feliz por encontrá-la, Miguel se aproximou da moça, que se levantou instintivamente, e se dispunha talvez a pedir-lhe ajuda, quando um inspetor entrou na sala:

— O chefe de polícia está à sua espera.

Miguel Strogoff, sem dirigir uma palavra à moça, a quem tanto procurara, sem um gesto que o pudesse comprometer, acompanhou o policial. A jovem se deixou cair de novo sobre o banco.

Alguns minutos depois, Miguel reapareceu na sala, acompanhado por um agente de polícia. Trazia na mão o *podaroshna* e, aproximando-se da livoniana, estendeu-lhe a mão:

— Minha irmã...

A moça compreendeu prontamente sua intenção. Levantou-se rápida, enquanto Miguel continuava:

— Minha irmã, temos autorização para a viagem até Irkutsk. Vamos?

— Vamos, meu irmão — respondeu ela, pondo a sua mão na mão de Strogoff.

E juntos saíram da chefatura de polícia.

VII

A BORDO DO *CÁUCASO*

Pouco antes do meio-dia, a sineta do *Cáucaso* atraía ao cais uma pequena multidão, composta dos que se preparavam para a partida e dos que gostariam de partir. O vapor estava pronto para largar e a polícia vigiava severamente os que embarcavam. Miguel e a jovem livoniana entraram no navio sem dificuldades, pois o *podaroshna* autorizava o correio do czar a levar qualquer acompanhante. Assim, na condição de irmãos, iam viajar com a garantia da polícia imperial.

Sentaram-se tranquilamente à popa do navio, ele aguardando que a moça resolvesse finalmente dar--lhe conhecimento de seus planos, ela sem ousar traduzir em palavras o agradecimento que lhe transparecia no olhar.

A viagem seria longa, pois nada menos de sessenta horas separavam Níjni Novgorod de Perm.

O navio era amplo e confortável; e os passageiros dividiam-se em três classes. Miguel adquirira dois camarotes de primeira classe, garantindo assim o conforto da sua companheira.

Embora superlotado — a proa, então, regurgitava de passageiros, mujiques, ciganos, orientais — o *Cáucaso* navegava em boa velocidade, enquanto em ambas as margens do rio sucediam-se vastas áreas, mais ou menos cultivadas.

Algum tempo depois da partida, a moça afinal dirigiu-se a Miguel Strogoff:

— Vai a Irkutsk, meu irmão?

— Sim, faremos o mesmo caminho. E assim, onde eu passar, você passará também.

— Amanhã lhe conto por que deixei o Báltico e resolvi transpor os Urais.

— Nada lhe pergunto, minha irmã.

— Há de saber tudo — disse a moça com um sorriso pálido. — Uma irmã não tem segredos para o irmão. Mas hoje não posso! O desespero me abalou o ânimo.

— Quer ir descansar no seu camarote?

— Sim... e amanhã...

— Venha... — e ele interrompeu a frase, à espera de que a jovem dissesse o nome.

— Nádia — informou a livoniana, estendendo-lhe a mão.

— Venha, Nádia, e pode contar com o seu irmão Nicolau Korpanoff.

Deixando a moça no camarote, Miguel voltou ao convés, em busca de informações, pois os viajantes estrangeiros, espalhados em grupos pelo convés, não falavam em outro assunto senão na invasão, embora se mostrassem discretos, receosos certamente da mais que provável existência de espiões da polícia infiltrados entre os passageiros.

Apesar de nada escutar que o interessasse, Miguel, em dado momento, começou a ouvir dois passageiros que falavam russo, com forte sotaque estrangeiro:

— Com que então, caro colega, viajamos no mesmo navio! Embora o tenha visto em Níjni Novgorod, dias depois do nosso encontro na festa imperial, não esperava que me seguisse tão depressa.

— Não o sigo, precedo-o.

— Bem, digamos que caminhamos juntos, sem nenhum espírito de competição.

— Mas pretendo antecipar-me na remessa de melhores e mais completas informações.

— Veremos, quando estivermos no teatro da guerra. Até lá sejamos apenas bons companheiros de viagem! Mais tarde teremos tempo de sobra para sermos rivais.

— Inimigos.

— Vá lá. Mas diga: vai também a Perm?

— Isso mesmo.

— E de Perm irá certamente a Ecaterimburgo, pois é o melhor caminho para se atravessar os montes Urais.

— Provavelmente.

— Passada a fronteira, estaremos na Sibéria, em plena invasão. Será então o momento de dizer: "Cada um por si e Deus por..."

— "...e Deus por mim!"

— Deus somente para o senhor! Muito bem. Mas como ainda temos uma semana de dias neutros, durante a qual, por certo, não haverá novidades, sejamos amigos até o momento de nos tornarmos rivais. Prometo-lhe guardar para mim tudo o que vir...

— E eu tudo o que ouvir.

Os dois correspondentes, Jolivet e Blount — pois não eram outros — apertaram-se as mãos; o francês contou depois que já mandara à prima o texto do decreto do governador e o inglês confessou que fizera o mesmo para os leitores do *Daily Telegraph*.

O decreto não os atingira — não eram nem russos nem de origem asiática — e assim puderam deixar Níjni Novgorod. Agora, em plena trégua, jantavam, bebendo um bom vinho. Miguel Strogoff, ouvindo-os falar, pensou consigo: *Esses dois curiosos estão sempre em meu caminho. Preciso ter cuidado.*

A moça não viera jantar. Caiu o crepúsculo de verão, e os passageiros, espalhados pelos sofás e bancos, aproveitavam a brisa fresca da tarde. Mas depois da meia-noite, quando todos os viajantes já dormiam, Miguel Strogoff, sentindo-se inquieto, pôs-se a andar pelo navio. Chegou à proa, atravancada de passageiros que não tinham conseguido camarotes e se haviam acomodado como podiam em cima dos bancos, sobre trouxas e sacos, e até mesmo no chão liso. Andando com cuidado para não pisar nos que dormiam, Miguel chegara à parte anterior da coberta e subia a escada do castelo da proa, quando ouviu o som de vozes que pareciam vir de um grupo de passageiros, abafados em xales e cobertas, impossível de distinguir na escuridão — a não ser quando uma golfada de centelhas, saída da chaminé, o iluminava com um rápido clarão.

Miguel ia afastar-se quando lhe pareceu reconhecer as vozes da mulher e do homem que escutara na feira, em Níjni Novgorod. Em consequência do recente decreto, era natural que muitos ciganos, expulsos da cidade, estivessem a bordo do *Cáucaso*. Chegou-lhe ao ouvido este diálogo, em idioma tártaro:

— Dizem que um correio foi mandado de Moscou a Irkutsk!

— É o que se comenta, Sangarra; mas esse correio vai chegar tarde demais, se conseguir alcançar Irkutsk!

Miguel estremeceu ante a velada ameaça. Tentou se certificar se era o mesmo casal de ciganos da feira, mas a escuridão não o permitiu e momentos depois voltou à popa, sem que ninguém o houvesse visto, e sentou-se a um canto, com a cabeça entre as mãos, parecendo disposto a dormir.

Não tinha, porém essa intenção e refletia apreensivo: *Alguém já sabe de minha partida e tem interesse nessa informação!*

VIII

SUBINDO O KAMA

No dia seguinte, 18 de julho, às 6h40 da manhã, o *Cáucaso* atracou em Cazã, cidade importante, capital de província e sede de arcebispado. Sua população é constituída por elementos das mais diversas origens, inclusive tártaros.

Embora a cidade ficasse um pouco distante do cais, uma ruidosa multidão ali se comprimia, ansiosa por notícias, pois o governo local expedira decreto idêntico ao do governador de Níjni Novgorod. Esbirros da polícia e cossacos armados de lança mantinham a ordem, abrindo passagem para o embarque e desembarque de passageiros.

Miguel olhava com indiferença a agitação do cais. Não lhe ocorrera desembarcar, pois o navio demoraria em Cazã apenas uma hora. Além disso, a moça livoniana ainda não saíra do camarote e Miguel não gostaria de deixá-la só. Os dois jornalistas, desde cedo no convés, desembarcaram logo, misturando-se à multidão. Miguel viu Harry Blount, de caderno na mão, desenhando alguns tipos exóticos, e Alcide Jolivet conversando animadamente com várias pessoas no cais.

Corriam boatos de que a insurreição parecia muito grave e as comunicações entre a Sibéria e o Império se tornavam cada vez mais difíceis. Era, pelo menos, o que diziam os passageiros recém-embarcados, e o correio do czar, preocupado com essas notícias, sentia-se ansioso por transpor os Urais e executar o mais depressa possível sua missão. E preparava-se para interrogar um dos habitantes de Cazã, quando avistou, entre os passageiros que desembarcavam, vários ciganos do grupo que ainda na véspera acampara na praça da feira de Níjni Novgorod, entre os quais o velho e a mulher que o tinha chamado de espião. Seguiam-nos umas vinte dançarinas e cantoras, de quinze a vinte anos, enroladas em xales surrados que lhes encobriam as saias bordadas de lantejoulas. O brilho do sol nos pequenos enfeites metálicos lembrou a Miguel o clarão produzido na véspera à noite pelas fagulhas da chaminé.

É evidente que esses ciganos permaneceram ocultos durante o dia num lugar qualquer do navio e à noite foram se instalar na proa. Teriam mesmo intenção de se esconder? Não é costume de cigano!, pensou o rapaz, preocupado.

Miguel já não tinha dúvida de que partira do velho cigano e da mulher que o acompanhava o diálogo que ouvira à noite na proa.

Dirigiu-se à saída do barco no instante em que o grupo cigano chegava ao cais e avistou o velho cigano meio escondido entre os companheiros, como se quisesse passar despercebido. Trazia na cabeça um chapéu que já vira todos os sóis do mundo, e, apesar do calor, estava estreitamente abrigado num grosso e velhíssimo capote. A seu lado caminhava Sangarra, mulher de trinta anos, morena, alta, bem-feita de corpo, rosto formoso, porte soberbo. Uma das ciganas cantava, mas Miguel apenas tinha olhos para Sangarra, que o fitava com insistência singular, como se procurasse guardar-lhe de cor a fisionomia.

Será que me reconheceu?, pensou preocupado Miguel Strogoff. *Esses ciganos têm olhos de gato...* Estava disposto a segui-los, mas compreendeu que seria um erro, pois se arriscava a que descobrissem sua verdadeira identidade. E, além disso, quando chegassem à fronteira, já ele estaria do outro lado dos montes Urais. Enquanto assim pensava, Sangarra e seu grupo já haviam desaparecido no meio da multidão.

Uma hora depois soou a sineta e o navio preparou-se para partir. Miguel reparou então que o jornalista francês não estava a bordo. No momento, porém, em que o navio começava a se movimentar, Jolivet surgiu correndo no cais e de um salto escalou a amurada, caindo quase nos braços do colega inglês.

— Pensei que íamos partir sem o amigo — disse o inglês, meio sem graça.

— Qual, eu os teria alcançado, nem que fosse preciso fretar uma lancha ou alugar uma carruagem, às custas de minha prima. O telégrafo fica muito distante do cais.

— Foi ao telégrafo? Ainda está funcionando até Kolyvan?

— Isso não sei, mas funciona de Cazã a Paris.

— Então soube de alguma novidade?

— Olhe, paizinho, para falar como os russos — disse Jolivet —, não quero lhe esconder nada: os tártaros, chefiados por Feofar Khan, já ultrapassaram Semipalatinsk e descem o curso do Irtixe.

Harry Blount, desapontadíssimo, afastou-se do colega. O esperto francês obtivera por certo a informação com algum habitante de Cazã. O jornal inglês perdera o furo!

Pelas dez horas da manhã Nádia saiu do camarote e veio para o convés. Miguel Strogoff foi a seu encontro, e juntos, na amurada, começaram a contemplar a paisagem. A moça, porém, não parecia muito interessada no belo panorama que se apresentava diante de seus olhos e quis saber a que distância estavam de Moscou.

— Novecentas verstas — respondeu Miguel.

— E Irkutsk fica a sete mil!

Soou a chamada para o almoço. Nádia comeu frugalmente, e Miguel a imitou. Voltaram depois ao convés, sentaram-se num dos bancos e Nádia, bailando a voz, começou a contar sua história:

— Meu irmão, chamo-me Nádia Fédor e sou filha de um exilado. Faz um ano que minha mãe morreu em Riga e vou para Irkutsk, viver com meu pai.

— Também vou para Irkutsk — respondeu Miguel. — E agradecerei a Deus se puder entregá-la sã e salva a seu pai.

Miguel explicou então que obtivera um *podaroshna* especial para a Sibéria, que lhe dava passe livre em qualquer posto sob a fiscalização de autoridades russas.

Nádia tinha uma licença que a autorizava a ir a Irkutsk:

— Mas o decreto do governador de Níjni Novgorod invalidou a licença, e sem você, meu irmão, eu não teria podido continuar a viagem e talvez até estivesse morta.

E como Strogoff se espantasse de sua resolução de atravessar a Sibéria sozinha, nas atuais circunstâncias, Nádia explicou que ao sair de Riga nada se sabia da revolução tártara e que somente em Moscou tivera conhecimento da invasão do território russo.

— E assim mesmo resolveu prosseguir?

— Era meu dever.

A singela resposta dava bem uma ideia do caráter firme e leal da jovem livoniana que jamais hesitava em cumprir o que julgava ser o seu dever. Falou depois no pai, Vassili Fédor, médico estimado em Riga, exilado para Irkutsk por se ter filiado a uma sociedade secreta estrangeira, mal podendo despedir-se da família. O choque abalara profundamente a saúde já precária da esposa, que morrera antes de poder ir ao encontro do marido. À custa de muita luta e persistência, Nádia obtivera finalmente licença para ir viver com o pai, havia dois anos em Irkutsk, onde exercia, quase sem lucros, a profissão. Mal dispunha de recursos para viagem tão longa, mas possuía uma inabalável confiança em Deus e, depois de escrever ao pai, partiu para a Sibéria.

Anoitecera e o *Cáucaso* subia mansamente a corrente. O murmúrio das águas cortadas pela quilha misturava-se aos uivos dos lobos nas campinas ribeirinhas.

IX

VIAGEM EM *TARENTASS*

No dia seguinte, 18 de julho, o *Cáucaso* atracou em Perm, terminando assim a parte fluvial da viagem. Em Perm, os viajantes vindos da Sibéria vendem seus veículos avariados pelos milhares de verstas da estepe e os que se destinam à Ásia adquirem os indispensáveis meios de transporte — trenós no inverno, carretas no verão — sem os quais não poderiam vencer as longas e penosas jornadas nas inóspitas planícies siberianas.

Não contando com o serviço de mala postal, bastante desorganizado devido à guerra, Miguel preferiu comprar um carro e correr de muda em muda, estimulando com boas gorjetas o zelo dos postilhões ou *iemschiks*, como eram chamados na região. Infelizmente, dado o êxodo dos estrangeiros, os meios de transporte estavam muito escassos e Miguel teria que se contentar com o que sobrara. Enquanto estivesse na Rússia europeia e pudesse utilizar o *podaroshna*, seria possível encontrar cavalos com relativa facilidade. Na Sibéria, teria que apelar para a força dos rublos.

Talvez se visse obrigado a utilizar uma telega, veículo extremamente rústico, todo de madeira, mas esperava encontrar um *tarentass*, carro de quatro rodas e mais bem aparelhado, com capota e guarda-lama. Foi o que afinal conseguiu, talvez o último que existia em Perm. Pediu desculpas a Nádia pelo desconforto da condução, mas a livoniana declarou-lhe que teria viajado mesmo a pé e acrescentou que, se alguma vez se queixasse das condições da viagem, ele a poderia deixar no caminho.

Usando o *podaroshna*, Miguel logo conseguiu que fossem atrelados ao *tarentass* três cavalos de posta, de raça siberiana, pequenos, peludos e valentes. Por sorte, nem ele nem Nádia levavam bagagem — não as poderiam conduzir no *tarentass*, que só tinha capacidade para o peso de dois passageiros, e no *iemschik*, o qual era substituído em cada estação de muda. O primeiro a servi-los, um siberiano peludo, não vendo bagagens, disse com ar de desprezo:

— Ora, são apenas dois corvos, a seis copeques por versta!

Miguel, que entendia a gíria dos cocheiros, retrucou:

— Não, somos águias, a nove copeques por versta e mais uma gorjeta!

O cocheiro estalou o chicote, e os viajantes embarcaram, levando pequenas provisões de que se serviriam, em caso de retardo na chegada a uma das hospedarias da posta. O *iemschik*, estalando o chicote, chamando os cavalos de andorinhas ou lesmas, conforme a disposição dos animais no momento, conseguia que o *tarentass*, por sobre buracos e pedregulhos, corresse à velocidade de doze a catorze verstas por hora.

Miguel explicou a Nádia que, apesar do desconforto da jornada, seria preciso viajar noite e dia, pois tinha imperiosa necessidade de chegar a Irkutsk o mais rápido possível. Se a invasão o permitisse, poderiam alcançar a cidade em vinte dias. A moça prometeu que não lhe serviria de estorvo, lamentando até que não fosse inverno para poderem viajar mais rapidamente em trenó. Miguel lembrou-lhe os sofrimentos que trariam o frio e as neves, mas Nádia retrucou:

— Que importa! O inverno é o amigo do russo.

— Sim, no inverno o trenó corre como um furacão, não há obstáculos, não se encontram rios nem lagos, a estepe é uma imensa planície congelada. Mas os perigos são terríveis, e o frio mata sem piedade os cavalos e os homens.

— Quantas vezes já atravessou a estepe durante o inverno, irmão?

— Três vezes para visitar minha mãe em Omsk.

— Pois eu também preciso ir a Irkutsk levar a meu pai as últimas palavras de minha mãe.

E o *tarentass* corria sempre, guiado pelo pulso firme dos *iemschiks* que se sucediam a cada muda. As águias pagavam caro mas praticamente voavam. Talvez os encarregados dos postos de mudas estranhassem os dois viajantes, evidentemente russos, a correr em liberdade pela Sibéria, fechada a todos os seus compatriotas. Mas traziam os papéis em ordem e tinham o direito de passar.

Miguel e Nádia eram aliás os únicos viajantes a seguir pela estrada de Perm a Ecaterimburgo. Logo de início o correio do czar soubera que um carro o precedia, mas, como não lhe faltavam cavalos, não se preocupou. Nas estações de posta, onde os animais eram substituídos, a demora se restringia apenas às refeições. Certa noite, porém, chegando a um ponto de muda, Miguel, levado talvez pelo instinto, perguntou ao mestre da posta quantas horas tinha de avanço o outro carro.

— Umas duas horas, paizinho.

— É uma berlinda?

— Não, uma telega com dois viajantes. E são águias!

— Pois atrele depressa os cavalos.

E a viagem continuou pela noite adentro, sem qualquer outra parada.

O tempo ainda estava bom, mas Miguel Strogoff sentia uma tempestade aproximar-se. Não houve, contudo, incidentes de vulto e, apesar dos sacolejos, Nádia pôde dormir algumas horas, enquanto Miguel vigiava para que o *iemschik* não dormisse também.

No dia seguinte, 20 de julho, avistaram no horizonte o perfil dos Urais. A passagem pelas montanhas devia ser realizada na noite seguinte. Mas, com a tempestade iminente, não seria imprudência? — lembrou o *iemschik* enquanto trocavam os cavalos. Miguel, porém, não podia esperar, e perguntou apenas ao encarregado da posta:

— Continua uma telega à nossa frente?

— Sim, passou por aqui faz uma hora.

— Vamos — disse o correio do czar para o *iemschik* —, e triplico a gorjeta se chegarmos amanhã de manhã a Ecaterimburgo!

X

TEMPESTADE NOS URAIS

Os montes Urais dividem a Europa da Ásia, do Ártico ao mar Cáspio, e Miguel deveria transpô-los para passar da Rússia à Sibéria, o que seria realizado no fim da noite, caso não houvesse acidente. Mas os trovões já anunciavam tempestade e o ar parecia carregado de eletricidade.

Miguel Strogoff procurou acomodar Nádia o melhor possível, a capota do *tarentass* foi solidamente amarrada, as rédeas duplicadas, o carro todo reforçado. Depois de se certificar de que todas as precauções haviam sido tomadas, Miguel sentou-se ao lado da companheira. Duas cortinas de couro deveriam protegê-los da chuva e um par de lanternas tinha sido colocado ao lado do cocheiro para impedir um possível choque com algum outro veículo.

Eram oito horas quando partiram. O sol começava a desaparecer no horizonte e a estrada subia em direção às nuvens negras. Os Urais não têm grande altitude, mas o nevoeiro tornava perigosa a travessia, pois se as nuvens não se transformassem logo em chuva o *tarentass* correria o risco de cair em algum precipício. Na estrada deserta, não se avistava um só pedestre, cavaleiro ou veículo, nenhuma espécie de luz, nem sequer uma cabana perdida nos bosques. A maior preocupação de Miguel era descobrir a identidade dos passageiros cuja telega precedia o *tarentass* e os motivos que os levavam a viajar com tanta imprudência. Pela meia-noite os trovões se intensificaram e os relâmpagos começaram a riscar o céu, quase sem intervalo, clareando os pinheiros da mata. O *iemschik* gritava, estimulando os cavalos.

— A que horas chegaremos ao alto da garganta? — indagou Miguel.

— A uma hora da manhã mais ou menos… se chegarmos!

Nesse momento um frêmito longínquo se tornou perceptível, como se milhões de agudos e ensurdecedores assobios começassem a atravessar a atmosfera, até então tranquila. A um relâmpago ofuscante, seguiu-se um estrondo terrível, e uma avalancha de troncos desabou sobre a estrada, não resistindo ao primeiro ataque da borrasca. Os cavalos estacaram. Miguel Strogoff pegou na mão de Nádia:

— Está dormindo, minha irmã?

— Não.

— Prepare-se. A tempestade se aproxima.

— Estou preparada.

Miguel mal teve tempo de fechar as cortinas, quando o aguaceiro desabou. A borrasca chegava com terrível violência. O cocheiro saltou do assento e lançou-se à cabeça dos cavalos, pois era grande o perigo que os ameaçava. O *tarentass* se encontrava nas proximidades de uma curva da estrada, onde era mais intensa a ação do temporal. Tentava com todas as forças manter os cavalos imóveis, mas os animais apavorados tornavam a operação impraticável e o *iemschik* não os podia conter.

Miguel saltou em auxílio do condutor e com tremendo esforço conseguiu dominar os cavalos. A fúria da tempestade redobrara, e a estrada, naquele ponto, se transformara em torrente.

— Não podemos ficar aqui — disse Miguel. E enquanto o cocheiro se maldizia, apavorado, Miguel obrigou-o a segurar o cavalo da direita, enquanto procurava manter imóvel o da esquerda; mas, apesar da força que faziam, o *tarentass* recuou alguns metros e ter-se-ia precipitado no abismo, se uma árvore caída não o detivesse.

Miguel gritou tranquilizando Nádia e recusou a sugestão do cocheiro para que voltassem:

— Devemos continuar. Passada a curva, ficaremos protegidos pela encosta.

O *iemschik* não queria obedecer. Miguel Strogoff invocou então pela primeira vez o nome do imperador:

— É ordem do nosso Pai!

— Vamos então, minhas andorinhas — gritou o *iemschik* cedendo finalmente, ante a invocação do nome então todo-poderoso em dois continentes. E ambos, puxando vigorosamente os cavalos, retomaram com dificuldade a caminhada. Levaram mais de duas horas para transpor o pequeno trecho de caminho que os separava da curva, sob constante perigo, não só da tempestade, mas da chuva de pedras e paus que descia da montanha. De repente, o cocheiro avistou um enorme bloco de pedra que vinha rolando pela encosta e com um grito alertou Miguel do perigo. Vendo que o bloco iria cair em cheio sobre o *tarentass* e fatalmente esmagaria Nádia, o emissário do czar lançou-se à traseira do veículo e, firmando os pés no chão, empurrou-o com as costas, com a força quase sobre-humana que conseguira encontrar na perigosa emergência. O *tarentass* avançou alguns centímetros, o bastante, porém, para se livrar do enorme bloco de pedra que, na passagem, quase tocou no peito do homem.

Nádia gritou apavorada e Miguel procurou acalmá-la:

— Deus está conosco, irmã!

O impulso dado por Miguel foi aproveitado pelos cavalos, e o carro continuou em movimento. Puxados por Miguel e pelo *iemschik*, os animais conseguiram atingir uma estreita garganta, onde ficaram ao abrigo da tormenta. O *tarentass* encontrou razoável proteção numa depressão na encosta e Nádia foi colocada em segurança num abrigo que Miguel encontrara na rocha, cavado possivelmente por algum mineiro. Era uma hora da manhã e a chuva, caindo com ainda maior intensidade, tornava impossível o prosseguimento da jornada.

Miguel ardia de impaciência, mas compreendia que somente quando a tormenta amainasse seria possível iniciar a descida, a menos que desejasse correr o risco de se precipitar no abismo.

— Vamos esperar, meu irmão — disse Nádia. — Mas não se atrase apenas para me poupar fadiga ou perigo.

— Não, Nádia. Se eu resolvesse continuar agora esta viagem, estaria arriscando não somente nossas vidas, mas o cumprimento de uma sagrada missão, um dever do qual preciso me desincumbir a qualquer preço.

— Um dever! — murmurou Nádia.

Nesse instante, um raio rasgou o céu e um trovão seco e violento fez tremer o próprio solo. O *iemschik* foi jogado ao chão, mas não se feriu. E, quando o ruído se perdeu nas profundezas da montanha, Miguel sentiu que a mão de Nádia apertava a sua:

— Gritos! Escute!

XI

VIAJANTES EM PERIGO

Realmente, ouviam-se gritos durante a momentânea calma, vindos da parte superior da estrada e perto da depressão da encosta onde se abrigava o *tarentass*. Pareciam o apelo desesperado de algum viajante em perigo. Nádia disse, angustiada:

— São viajantes que pedem socorro.

O *iemschik* considerava impossível ajudar os que gritavam, mas Miguel, deixando Nádia em companhia do cocheiro, partiu decidido a localizar os viajantes em dificuldades. Subiu rapidamente a ladeira, não só para acudir com presteza os que pediam socorro, mas muito interessado também em descobrir a identidade dos viajantes que a tempestade não impedira de se arriscarem à escalada da montanha, pois estava certo de que seriam os dois ocupantes da telega que o precedia.

Lutando contra a chuva e o vento, Miguel avançava na direção dos gritos que soavam cada vez mais próximos, e, embora ainda não avistasse os viajantes devido à escuridão, já algumas palavras lhe chegavam distintamente ao ouvido:

— Volte, animal! Mando-o açoitar na próxima muda! Postilhão dos diabos! E chamam a isso uma telega!

— Besta quadrada! Seguiu adiante, e nem vê que nos deixa na estrada!

— Um inglês não pode ser tratado desta maneira! Vou me queixar ao cônsul! Faço-o enforcar!

Quem assim falava parecia mesmo furioso. Já o outro demonstrava aceitar com calma a situação, pois de repente soltou uma gargalhada.

Na estrada, que os relâmpagos agora clareavam, Miguel avistou a uns vinte passos dois viajantes, acomodados no banco traseiro de um estranho veículo, aparentemente detido por algum atoleiro. Miguel aproximou-se dos homens e reconheceu os dois correspondentes de jornal que vira no *Cáucaso*.

— Bom dia, meu caro senhor! — disse o francês. — Prazer em vê-lo na difícil situação em que nos encontramos e permita que lhe apresente o meu inimigo íntimo, Mr. Blount.

Miguel declarou que os conhecera no *Cáucaso* e apresentou-se:

— Nicolau Korpanoff, negociante em Irkutsk.

Jolivet explicou então que seu cocheiro continuara a viagem na parte anterior do veículo, deixando-os encalhados, sem rédeas nem cavalos, na parte posterior, a pior de sua absurda viatura! E, dirigindo-se ao zangado inglês, propôs-lhe em tom brincalhão que se atrelasse ao que restara do carro, quando então seria chamado de pombinho, à maneira dos *iemschiks*; prontificou-se ainda a substituí-lo mais tarde nos varais, dando-lhe assim oportunidade de chamá-lo de lesma e tartaruga, caso não ficasse satisfeito com a rapidez da andadura.

Miguel sorriu:

— Tenho melhor sugestão: estamos na descida da serra, e assim posso emprestar aos senhores um dos cavalos do meu *tarentass*; se nenhum imprevisto acontecer, poderemos chegar juntos pela manhã em Ecaterimburgo. Quanto ao seu *iemschik*, provavelmente nem se apercebeu de que se desligara da parte posterior da telega, e vai descendo a encosta na maior boa-fé.

Os viajantes agradeceram efusivamente, e Miguel propôs:

— Vamos até meu carro.

Conversavam enquanto caminhavam e, a uma pergunta informal de Jolivet, Miguel, para não parecer dissimulado, respondeu que ia a Omsk. Os correspondentes explicaram que viajavam em busca de notícias nas províncias invadidas. Discutiram itinerários, e Miguel concluiu que até Ishim seguiriam o mesmo caminho.

Embora preferisse viajar só, achou que poderia parecer suspeita qualquer tentativa de isolamento, quando ele e os dois correspondentes teriam de seguir pela mesma estrada. E, como ambos os jornalistas pretendiam demorar-se em Ishim, não haveria inconveniente em fazerem juntos aquele trecho da viagem.

— Fica então combinado que viajaremos juntos — disse Miguel. E acrescentou num tom indiferente: — Sabem por onde anda a invasão tártara?

— Sabemos apenas o que se dizia em Perm — declarou Jolivet. — Os tártaros invadiram Semipalatinsk e descem o Irtixe. Fala-se também que o coronel Ogareff conseguiu atravessar a fronteira, disfarçado, e em breve estará reunido aos tártaros. Pelo que sei, Ogareff tomou o caminho de Cazã a Ecaterimburgo.

— Ah, sabia disso? — indagou Blount. — E sabia também que ele se disfarçou de cigano?

Miguel recordou imediatamente o velho cigano de Níjni Novgorod e a sua estranha companheira. Procurava relembrar todos os detalhes do encontro quando um tiro soou ao longe, fazendo-o precipitar-se para o local em que deixara a jovem livoniana. Jolivet e Blount correram também, e o francês comentou:

— Nunca vi um pacato negociante correr tão depressa ao encontro do perigo!

Pouco depois chegavam à encosta que abrigava o *tarentass*. Um pinheiro ainda ardia, atingido por um raio. A estrada estava deserta, porém Miguel tinha certeza de que escutara um tiro de arma de fogo. Súbito, um tremendo rugido partiu do outro lado da encosta, seguido de uma segunda detonação.

— É um urso! — gritou Miguel. — Nádia! Nádia! — e, tirando a faca do cinto, transpôs de um salto a curva da estrada e chegou ao local onde Nádia se abrigara. Os pinheiros em chamas clareavam a cena. Quando o moço aproximou-se do *tarentass*, um vulto enorme avançou na sua direção. Era um urso de grande porte que, devido à tempestade, viera por certo procurar abrigo na cova onde Nádia se encontrava, provavelmente seu refúgio habitual. Ao vê-lo, dois dos cavalos, apavorados, quebraram os arreios e fugiram, e o *iemschik*, mais preocupado com os animais do que com Nádia, deixara a jovem livoniana à mercê do perigoso animal. Mas Nádia não perdera a cabeça. O urso não a viu logo e atacou o único cavalo ainda preso ao carro; a moça correra então até o *tarentass*, apanhara um dos revólveres de Strogoff e disparara contra o urso, à queima-roupa. A fera, atingida de leve na espádua, voltou-se contra a rapariga, que procurou proteger-se atrás do *tarentass*; vendo, porém, que o cavalo estava a ponto de romper os arreios e sabendo que sem cavalos não poderiam continuar viagem, Nádia resolveu enfrentar o urso e, no instante em que as patas do animal iam abater-se sobre sua cabeça, deu-lhe o segundo tiro.

Felizmente Miguel acabava de chegar e de um salto atirou-se à fera, de faca em punho, prostrando-a com um golpe que a rasgou da garganta ao ventre.

— Não está ferida, minha irmã? — perguntou depois, inquieto, correndo para a moça.

— Não, meu irmão.

Jolivet conseguiu conter o cavalo:

— Arre, dr. Korpanoff, para um simples negociante, o senhor maneja muito bem uma faca!

— Na Sibéria somos obrigados a aprender um pouco de tudo.

Enquanto os dois jornalistas cumprimentavam Nádia, o *iemschik* voltava com os dois cavalos e, com um olhar de pena à magnífica pele do urso que teriam de abandonar aos abutres, foi atrelar os animais. Miguel explicou-lhe a situação dos companheiros e tudo se arranjou com a promessa de gorjetas. O dia já clareava quando se completou a atrelagem improvisada. O caminho em descida facilitava a viagem, e seis horas mais tarde chegavam sem incidentes a Ecaterimburgo. Não demoraram a encontrar o *iemschik* dos repórteres e o inglês furioso tentou agredi-lo; o francês interpôs-se e Blount jurou então que processaria o cocheiro. Jolivet riu-se:

— Processo, na Rússia? Não conhece o caso da ama de leite que processou por falta de pagamento a família da criança que amamentava? Quando ganhou a questão, o menino já era coronel dos hussardos da guarda!

Todos riram, e Jolivet anotou no seu caderno: *Telega, veículo russo que parte com quatro rodas e chega com duas.*

XII

PROVOCAÇÃO

Ecaterimburgo, cidade importante, não oferecia dificuldade de condução aos viajantes, principalmente agora, quando regurgitava de forasteiros deslocados pela invasão. Ninguém ousava se aventurar pelas estradas da Sibéria, e os jornalistas conseguiram facilmente substituir por uma telega completa a famosa meia telega acidentada. Quanto a Miguel, como o *tarentass* lhe pertencia e não sofreria muito com a jornada, bastava trocar os cavalos para tomar o caminho de Irkutsk, via Ishim, para onde também se dirigiam Jolivet e Blount.

— Amigos — disse-lhes Miguel —, será um prazer viajarmos juntos mas previno-os de que tenho extrema urgência em chegar a Omsk, onde eu e minha irmã iremos ao encontro de nossa mãe. Não sei mesmo se conseguiremos chegar antes que os tártaros invadam a cidade. Portanto, viajarei dia e noite, somente me demorando nas mudas o tempo suficiente para trocar os cavalos.

Os dois correspondentes responderam que o programa lhes convinha e ao meio-dia partiram de Ecaterimburgo, o *tarentass* de Miguel seguido por outro *tarentass* onde iam os repórteres, obtido com facilidade pelo diligente Jolivet.

Corriam agora pela longa estrada de Irkutsk. Nádia mal olhava a paisagem, com o pensamento voltado para o próximo reencontro com o pai e também para o companheiro de viagem que a protegia melhor que o melhor dos irmãos. Miguel, que também pensava muito e pouco falava, agradecia a Deus a companhia de Nádia, que não só o ajudava a tornar mais convincente sua falsa identidade como lhe dava oportunidade para realizar uma boa ação. Os perigos da jornada constituíam, porém, sua maior preocupação, pois, se os jornalistas não se enganavam e Ivan Ogareff passara realmente a fronteira, seria obrigado a agir com o máximo cuidado para que não o identificassem, a fim de não comprometer sua missão e decerto também sua vida.

Os quatro viajantes apenas se encontravam nas estações de muda, e Nádia só descia do carro por ocasião das refeições. Miguel, cada vez mais preocupado e impaciente, apressava os cavalariços, reclamava da demora do serviço e quase não dava tempo aos companheiros de se alimentarem satisfatoriamente, para desagrado do metódico inglês, que quase nunca conseguia terminar as refeições.

Na estepe deserta, as aldeias evacuadas eram uma triste evidência da aproximação dos tártaros. Seus habitantes haviam se refugiado no Norte, levando consigo seus rebanhos, e algumas tribos quirguizes fiéis ao czar tinham destacado suas tendas para além do Obi, fugindo às depredações dos invasores. Felizmente o serviço de posta não se interrompera e o telégrafo continuava a funcionar até o ponto onde o fio fora cortado, de modo que Miguel viajava sem contratempos e os dois correspondentes podiam, em cada estação telegráfica, enviar suas mensagens.

Ao passarem, porém, por uma aldeia, tiveram notícia de que as tropas de Feofar Khan se aproximavam do vale do Ishim e que Ivan Ogareff já devia ter se reunido aos tártaros. A invasão tomaria então mais rápido impulso, e as tropas enviadas da Europa pelo czar, ainda muito distantes, não a poderiam deter. Só os cossacos de Tobolsk procuravam cortar o caminho aos invasores, dirigindo-se a marcha forçada para Tomsk.

Os viajantes em breve alcançaram a verdadeira estepe siberiana, lisa como um mar, e os cavalos puderam desenvolver maior velocidade. No dia 23 de julho, a apenas trinta verstas de Ishim, Miguel avistou à sua frente uma nuvem de poeira, e seus cavalos, menos cansados, logo alcançaram o veículo que a produzia — uma berlinda de posta, cujo aspecto indicava já ter percorrido um longo itinerário. Não estivera, contudo, na última muda e só podia ter alcançado a estrada por algum caminho perdido da estepe. Miguel e os companheiros não tiveram senão um pensamento: ultrapassar a berlinda e chegar antes dela à próxima estação de muda, a fim de conseguirem os cavalos disponíveis.

O carro de Miguel conseguiu emparelhar primeiro com a berlinda. Nesse momento uma cabeça surgiu à portinhola e uma voz gritou-lhe que parasse. Mas não obedeceu, e travou-se uma disputa furiosa, porque os cavalos da berlinda, estimulados pela velocidade dos animais do *tarentass*, corriam também como loucos.

A vitória, contudo, pertenceu a Miguel e os companheiros — vitória importante, se a estação de muda dispusesse de poucos cavalos. Às oito horas os dois *tarentass* entravam em Ishim, que já estava sob a ameaça das vanguardas tártaras e cujo governo mudara-se para Tobolsk.

Miguel dirigiu-se à estação de muda e pediu ao mestre da posta que lhe trocasse imediatamente os cavalos. Viu então como fora prudente em ultrapassar a berlinda, pois só havia três cavalos descansando: os demais acabavam de chegar de viagem. Como os jornalistas não tinham pressa em partir de Ishim, mandaram desatrelar o carro.

Dez minutos depois, o *tarentass* de Strogoff estava pronto para partir.

O correio do czar acabava de despedir-se dos companheiros, alegando que tinha pressa em adiantar-se à berlinda que lhe iria disputar os cavalos de posta, quando um carro estacionou na porta da estação de muda e, pouco depois, o passageiro da berlinda apareceu na sala à procura do mestre da posta.

Quarentão, alto, forte, com largos ombros e grandes bigodes que emendavam com as suíças ruivas, o desconhecido usava farda sem insígnias, trazia à cinta um sabre de cavalaria e um chicote na mão.

— Cavalos! — gritou em tom de comando.

O mestre da posta explicou-lhe que os únicos cavalos disponíveis tinham sido atrelados ao *tarentass* do cavalheiro ali presente.

— Pois então desatrele os animais! — ordenou rispidamente o recém-chegado.

Miguel Strogoff adiantou-se:

— Os cavalos me foram alugados.

— Não importa! Preciso deles. E andem depressa que não tenho tempo a perder!

— Também tenho pressa — declarou Miguel, procurando manter-se calmo, enquanto Nádia a seu lado observava em silêncio a cena.

O viajante berrou:

— Chega! — e virou-se ameaçador para o mestre da posta: — Desatrelem os cavalos desse *tarentass* e os coloquem na minha berlinda!

Miguel hesitou. Não queria usar o *podaroshna*, que poderia levantar suspeitas sobre a natureza de sua viagem, nem estava disposto a ceder os cavalos e retardar a partida. Reconhecia, ao mesmo tempo, que uma briga poderia comprometer sua missão. Os jornalistas o olhavam, prontos a entrar em ação, caso Miguel necessitasse do seu auxílio.

— Meus cavalos vão ficar no *tarentass* — disse Strogoff sem elevar o tom de voz mais do que conviria a um comerciante de Irkutsk.

O viajante adiantou-se e pôs a mão pesada no ombro do correio:

— Não quer me ceder os cavalos?

— Não!

Puxando do sabre e pondo-se em guarda, o viajante bradou:

— Defenda-se então, que não o pouparei! Os cavalos serão do que sobreviver!

Nádia se pôs à frente de Miguel Strogoff, os jornalistas se aproximaram prontos a defendê-lo, mas o rapaz, cruzando os braços, disse calmamente:

— Não me baterei.

— Não? Nem depois disto? — e com o cabo do chicote o desconhecido golpeou com violência o ombro de Strogoff.

Ante o insulto, Miguel empalideceu e ergueu as mãos abertas como se desejasse esmagar o agressor. Mas dominou-se em tempo, compreendendo que um duelo, nas atuais circunstâncias, significaria não apenas o retardo da viagem, mas o completo malogro da missão. Seria preterível perder algumas horas; era preciso suportar a afronta!

— Bate-se, covarde? — insistia o homem.

E Miguel, encarando o adversário, tornou a recusar:

— Não!

— Retirem os cavalos, e depressa! — ordenou o homem.

E saiu da sala, acompanhado do mestre da posta, que lançou a Miguel um olhar desaprovador.

Os jornalistas, muito espantados, não sabiam o que pensar da recusa do rapaz em se bater em duelo, depois da humilhante provocação. Cumprimentaram-no, constrangidos, e saíram também, comentando a inesperada atitude de quem enfrentara com tanta valentia o enorme urso no Ural!

Pouco depois, o estalido do chicote e o ruído do carro em movimento indicavam que a berlinda partira. Nádia, impassível, e Miguel, ainda trêmulo, ficaram a sós na sala da estação de muda. Imóvel, ainda de braços cruzados, o rosto agora rubro, o rapaz parecia uma estátua. Nádia tinha certeza de que somente razões importantíssimas o poderiam ter forçado a aceitar tamanha humilhação. E, procurando reconfortá-lo, tal como fora reconfortada em Níjni Novgorod, falou-lhe:

— Venha, meu irmão! — e com o dedo, delicadamente, num gesto quase maternal, enxugou uma lágrima que começava a deslizar no rosto do companheiro.

O DEVER ACIMA DE TUDO

Compreendendo que um objetivo secreto dirigia todos os atos de Miguel, impedindo-o de dispor da própria pessoa como bem entendesse, a jovem nada lhe perguntou, limitando-se a um aperto de mão no qual procurou exprimir sua irrestrita solidariedade. Miguel manteve-se mudo durante toda a noite que foram obrigados a passar em Ishim, pois o mestre da posta somente no dia seguinte lhes poderia fornecer cavalos. Nádia resolveu aproveitar a oportunidade para dormir um pouco e lhe prepararam um quarto na estação de muda.

Miguel não se deitou. Não teria podido dormir. O local da chicotada ardia como uma queimadura.

Mais tarde, ao concluir a oração da noite, o rapaz murmurou:

— Pela Pátria e pelo Pai!

Precisava descobrir a identidade do homem que o provocara, sua procedência e destino. Seu rosto jamais lhe sairia da memória. Resolveu interrogar o mestre da posta, mas o homem, com um olhar insolente, respondeu-lhe que não o conhecia, mas que se tratava evidentemente de um senhor que sabia fazer-se obedecer!

Miguel segurou o atrevido pelos ombros, mas soltou-o logo, dizendo numa voz singularmente calma:

— Vá embora, amigo. Vá embora antes que eu o mate!

O mestre da posta compreendeu que o rapaz seria capaz de cumprir a ameaça e retirou-se sem dizer mais nada.

No dia seguinte, 25 de julho, o *tarentass*, com três bons cavalos, partiu de Ishim, de onde os viajantes levavam tão amargas recordações.

Pelas informações colhidas nas estações de muda, Miguel não teve dúvidas de que a berlinda seguia também pela estrada de Irkutsk. Gastaram duas horas no percurso da balsa para atravessar o Ishim, o que exasperou Miguel, devido principalmente às notícias inquietantes dos bateleiros sobre a invasão tártara. Alguns batedores do Feofar Khan já haviam aparecido ao sul, e Omsk estava seriamente ameaçada. Falava-se de uma batalha travada entre tártaros e siberianos nas fronteiras das grandes tribos quirguizes, com sensível desvantagem para os russos. Pilhagens, incêndios, violências e outras horríveis atrocidades constituíam o sistema de guerra dos invasores, e as populações fugiam apavoradas à aproximação das tropas tártaras.

Miguel receava que os meios de condução desaparecessem diante das proporções da fuga, ansiando por chegar a Omsk o mais depressa possível, na esperança de encontrar ainda livre a estrada para Irkutsk.

Pelas sete horas da noite tinham atravessado o rio Ishim e retomavam a corrida na estepe. Miguel, sombrio e taciturno desde o episódio de Ishim, mostrava-se, contudo, sempre atencioso para com Nádia, procurando poupá-la o mais possível das fadigas de uma viagem como aquela, sem tranquilidade e sem repouso. Mas Nádia não se queixava, lamentando apenas que os cavalos não tivessem asas, pois o coração lhe dizia que Miguel tinha ainda mais pressa que ela de chegar a Irkutsk! Talvez o receio de encontrar a mãe prisioneira dos tártaros, se estes chegassem a Omsk na sua frente, explicasse em parte sua impaciência em alcançar quanto antes aquela cidade, onde a velha senhora residia.

— Recebeu alguma notícia de sua mãe, depois da invasão? — perguntou a moça.

— Nenhuma, Nádia. A última carta chegou há dois meses. Mas minha mãe é uma mulher enérgica, uma siberiana valente.

— Irei visitá-la. O tratamento de irmã que você me dá torna-me também um pouco filha de Marfa! Quem sabe ela já partiu de Omsk?

— Talvez. A velha Marfa odeia os tártaros, conhece bem a estepe e não tem medo de enfrentar qualquer perigo. Minha esperança é que ela tenha tomado o bordão e descido pela margem do Irtixe. Sim, espero que tenha deixado Omsk!

— Quando a irá ver?

— Irei vê-la... na volta.

— Mas, se sua mãe estiver em Omsk, não pode perder uma hora para abraçá-la? Por que razão?

— Por que razão? — e Miguel parecia tão agitado que a moça estremeceu. — Pela mesma razão que me obrigou a ser paciente até a covardia, com aquele miserável que...

— Acalme-se, meu irmão — interrompeu-o Nádia com voz doce. — Sei apenas, ou melhor, sinto, que um sentimento muito forte domina toda a sua conduta, um dever mais sagrado ainda, se possível, que o de um filho em relação à sua mãe!

E a partir desse momento Nádia não mais tocou no assunto, respeitando o segredo de Miguel.

No dia 25 de julho, na estação de muda de Tyukalinsk, o *iemschik* criou, pela primeira vez, dificuldades, alegando que seriam uma ótima presa para os destacamentos tártaros que realizavam incursões pela estepe. Não querendo, mais uma vez, fazer uso do *podaroshna* — o último *ukáse* era conhecido de toda a Sibéria, e um russo especialmente dispensado do cumprimento de suas prescrições chamaria certamente a atenção geral —, só a custo de mais dinheiro pôde Miguel Strogoff induzir o condutor a prosseguir viagem.

À tarde, chegaram às margens do Irtixe, um dos maiores rios da Sibéria, e tomaram uma balsa para atravessá-lo, levando também os cavalos e o *tarentass*. Apesar do nível bastante elevado das águas do rio, estavam prestes a atingir, sem maiores incidentes, a margem oposta, quando Miguel avistou vários barcos que, favorecidos pela corrente, avançavam com grande rapidez, impulsionados pelos remos dos ocupantes. Um barqueiro também percebeu as embarcações e se pôs a gritar:

— Os tártaros! Os tártaros!

Os barcos estavam realmente carregados de soldados, e em breve alcançariam a balsa. Os bateleiros, apavorados, abandonaram as varas e começaram a gritar de desespero.

— Coragem, amigos, coragem! — gritou Miguel Strogoff. — Dou-lhes cinquenta rublos se chegarmos à margem antes dos barcos!

Os homens voltaram ao trabalho, mas era evidente que não poderiam evitar a abordagem dos tártaros.

Miguel recomendou a Nádia:

— Não tenha medo, confie em mim, mas esteja disposta a tudo, até mesmo a se jogar nas águas do rio, quando eu lhe disser.

— Não tenho medo. Confio em você.

Os barcos conduziam um destacamento de soldados que iam realizar um reconhecimento em Omsk e se aproximavam rapidamente da balsa.

Os bateleiros redobraram de esforços e Miguel a eles se juntou empunhando também uma vara que manobrava com força sobre-humana. Se pudesse atingir a margem e sair a galope com o *tarentass*, teria talvez alguma chance de escapar dos tártaros, que não dispunham de montarias.

Os tártaros soltaram seu conhecido grito de guerra, seguido de uma violenta descarga de arma de fogo.

Dois cavalos morreram. Logo depois, com um choque os barcos inimigos abordavam a balsa.

— Vamos, Nádia! — gritou Miguel, preparando-se para saltar. Nádia ia acompanhá-lo, quando Miguel, atingido por um golpe de lança, foi atirado às águas. Viram-no debater-se na correnteza, sua mão agitou-se por um instante acima das águas, e ele em seguida desapareceu.

Com um grito, Nádia correu para a borda da balsa, mas, antes que pudesse saltar no rio, foi agarrada e levada para um dos barcos. Os bateleiros foram mortos a golpes de lança e, enquanto a balsa vagava ao sabor da corrente, os tártaros continuavam a descer o curso do Irtixe.

MÃE E FILHO

Omsk, capital oficial da Sibéria, fora atacada e ocupada pelos tártaros, mas o governador-geral, com seus oficiais e soldados, havia se entrincheirado na cidade alta, onde continuava a resistir, com poucas esperanças de socorro. As forças tártaras recebiam constantes reforços e eram agora orientadas por Ivan Ogareff, um oficial traidor a seu país, mas muito valoroso e de uma audácia a toda prova. Ogareff tinha sangue mongol e, como seus terríveis aliados tártaros, gostava de empregar ardis e planejar torturas, emboscadas e não hesitava em utilizar os mais torpes expedientes quando queria descobrir um segredo ou preparar uma armadilha.

Cruel, sanguinário, carrasco se preciso fosse, era um digno lugar-tenente do impiedoso Feofar Khan.

Quando Miguel Strogoff chegava às margens do Irtixe, Ogareff já era senhor de Omsk e apertava o cerco da cidadela, pois tinha urgência em chegar a Tomsk, que Feofar Khan acabava de conquistar e onde se concentrava o grosso das forças tártaras. Irkutsk era, porém, o verdadeiro objetivo de Ivan Ogareff, que planejava aproximar-se do grão-duque sob uma falsa identidade, captar-lhe a confiança e, no momento oportuno, entregar aos tártaros a cidade e o irmão do czar. A posse de tão importante cidade e de um refém de tal categoria possibilitaria aos invasores o domínio de toda a Sibéria asiática.

O czar fora informado da trama, e justamente para frustrá-la é que enviara Miguel Strogoff, sob o mais severo sigilo.

O golpe que Miguel recebera não fora mortal, e, nadando sob as águas, o rapaz conseguira com penoso esforço alcançar a margem do rio, caindo desmaiado entre os juncos. Um mujique o recolhera e o levara para sua cabana, onde o colocara num leito e lhe tratara o ferimento. Ao voltar a si, Miguel surpreendeu-se diante do rosto barbudo que o olhava com bondade, mas o camponês, depois de tranquilizá-lo e de recomendar-lhe que não falasse, contou como o encontrara e descreveu o final do ataque tártaro e a morte dos bateleiros.

Miguel mal o escutava, pois lembrara-se de repente da carta imperial e, levando a mão ao bolso do casaco, verificou aliviado que o documento ainda se encontrava em seu poder. Tinha porém outra preocupação:

— Vinha uma moça comigo!

— Não a mataram; levaram-na num dos barcos que desciam o Irtixe. Mais uma prisioneira que vai se juntar às outras em Tomsk!

Às novas indagações de Miguel, o mujique respondeu que estavam a umas cinco verstas de Omsk, que o rapaz recebera apenas um golpe de lança já quase cicatrizado, que os tártaros não lhe tinham tocado e sua bolsa ainda continuava na algibeira. Informou também a Miguel que o trouxera para a cabana três dias antes.

— Quer me vender um cavalo?

— Não tenho cavalo nem carro, paizinho! Por onde passam os tártaros nada mais resta.

Miguel fez compreender ao mujique a sua urgência em continuar viagem e o camponês se propôs a guiá-lo até Omsk, onde talvez passasse despercebido, pois muitos russos ainda viviam naquela cidade.

Ao deixar a cabana, o rapaz, ainda muito fraco, teria caído se o camponês não o amparasse. Com a ajuda porém do ar fresco e da sua energia habitual, Miguel Strogoff pôs-se em marcha, acompanhado pelo mujique e disposto a não se deter em Omsk e a chegar quanto antes a Irkutsk!

Deus proteja minha mãe e Nádia. Não tenho direito de pensar nelas! Miguel e o mujique em breve chegavam a Omsk e, apesar do forte policiamento, conseguiram entrar sem dificuldades na cidade baixa, cujas ruas formigavam de soldados tártaros. Era evidente, no entanto, que uma mão de ferro lhes impusera uma severa disciplina à qual estavam pouco acostumados. A cidade alta ainda resistia, apesar dos sucessivos ataques comandados pessoalmente por Ivan Ogareff. Miguel, que conhecia bem a cidade, evitava as ruas muito movimentadas, temendo encontrar a mãe, a única que o poderia reconhecer e a quem, por isso, jurara não ver. Do fundo do coração pedia a Deus que a velha Marfa tivesse conseguido fugir de Omsk e se encontrasse agora em qualquer região tranquila da estepe.

O mujique conduzia Miguel a uma estação de posta cujo mestre, seu conhecido, talvez lhe vendesse carro e cavalos, quando de repente se aproximou um destacamento de cavalaria tártara. Miguel puxou o companheiro para um canto de muro, onde se esconderam, e o piquete de tártaros, comandados por um oficial, passou a trote pela rua estreita, cujos transeuntes mal tinham tempo de se desviar à sua passagem.

— Quem é aquele oficial? — perguntou Miguel.

— É Ivan Ogareff — respondeu o mujique numa voz repassada de ódio.

— Ele! — Miguel acabava de reconhecer no oficial o viajante que o agredira em Ishim. E, como se um súbito clarão lhe houvesse iluminado o espírito, pareceu-lhe igualmente entrever no arrogante cavaleiro o velho cigano de Níjni Novgorod.

O rapaz tinha agora certeza de que, disfarçado em cigano e misturado ao grupo de Sangarra, Ivan Ogareff conseguira sair da província de Níjni Novgorod, onde tão ativamente o procuravam. Sangarra e os seus ciganos, por certo espiões a soldo do traidor, tinham-lhe dado cobertura. Fazia apenas três dias que Ivan Ogareff chegara a Omsk e, não fosse o incidente de Ishim e o ferimento que prendera Miguel por três dias à beira do Irtixe, o rapaz agora estaria à frente de Ogareff no caminho de Irkutsk! No momento, o importante era procurar por todos os meios não ser visto pelo traidor e tomar, o mais rápido possível, o caminho de Irkutsk.

Não seria difícil escapar da cidade por uma das brechas da muralha. Na estação de posta, como não conseguisse um *tarentass*, Miguel contentou-se com um vigoroso cavalo, pelo qual pagou bom dinheiro.

Ainda eram quatro horas da tarde, e o correio teve que esperar a noite, meio escondido na estação de muda, sempre movimentada e barulhenta, devido ao grande número de habitantes que ali compareciam em busca de notícias da guerra.

Miguel, que prestava atenção às conversas mas não tomava parte nelas, foi de repente abalado por um grito que lhe penetrou até a alma e duas palavras lhe soaram aos ouvidos.

— Meu filho!

Diante do rapaz, a velha Marfa sorria, trêmula, abrindo-lhe os braços.

Miguel Strogoff levantou-se num ímpeto e ia correr ao encontro da mãe quando o pensamento do dever o deteve. Vinte pessoas pelo menos se encontravam no momento na sala de espera, e todos na cidade sabiam que o filho de Marfa pertencia ao corpo de correios do czar.

A mãe insistia:

— Miguel, meu filho, não está reconhecendo sua mãe?

Ele, porém, respondeu friamente:

— A senhora está enganada.

— Então você não é o filho de Pedro e Marfa Strogoff?

Miguel daria a vida para abraçar a mãe. Mas fechou os olhos, apertou os punhos e conseguiu responder:

— Nem sei em quem está falando. Não me chamo Miguel, meu nome é Nicolau Korpanoff, comerciante em Irkutsk.

E Miguel saiu bruscamente da sala de espera, enquanto a mãe em lágrimas se deixava cair sobre um banco. Mas um pensamento logo surgiu no espírito de Marfa: se seu filho — sim, não tinha dúvidas de que era seu filho nem acreditava que ele jamais a pudesse renegar —, se Miguel fingia desconhecê-la, devia ter razões terríveis para assim agir. Será que involuntariamente o prejudicara?

Voltou-se para os que a olhavam e comentou:

— Estou louca! Esse rapaz não é mesmo meu filho... estou sempre me enganando, julgando ver meu filho por toda parte...

Minutos após, um oficial tártaro aproximou-se da velha, perguntou-lhe o nome e levou-a consigo; com passo firme, Marfa o acompanhou até a tenda de Ivan Ogareff, na praça principal da cidade. O traidor submeteu-a a um longo interrogatório e, depois de ser informado de todos os detalhes sobre a vida do correio do czar — Marfa apenas lhe mentira ao afirmar que o filho se encontrava em Moscou —, perguntou à velha quem era o homem da estação de muda:

— Um moço siberiano que confundi com meu filho. Já aconteceu o mesmo umas dez vezes.

— Então não era Miguel Strogoff?

— Não, não era Miguel Strogoff.

Ogareff ameaçou-a com a tortura, mas a velha não pareceu abalada:

— Eu lhe disse a verdade. O senhor acha que eu poderia renegar um filho como o meu?

Ogareff tinha certeza de que a velha reconhecera o filho no jovem siberiano da estação da posta e somente um motivo muito grave a faria negar o parentesco. Não duvidava, portanto, de que, sob o falso nome de Nicolau Korpanoff, o correio do czar era portador de uma mensagem importantíssima que precisava conhecer a qualquer preço. Deu, pois, ordem para que saíssem imediatamente em sua perseguição e mandou que levassem a mulher para Tomsk:

— No momento oportuno, saberei obrigar essa velha bruxa a falar!

OS PÂNTANOS DE BARABINSK

As ordens de Ogareff foram prontamente transmitidas a todos os recantos da cidade e os sinais de Miguel Strogoff enviados a todos os chefes de posta para que o correio não pudesse sair de Omsk. Mas o rapaz conseguira atravessar uma brecha nas fortificações e cavalgava agora na estepe. Deixara a cidade às oito da noite de 29 de julho e, como Omsk ficava a meio caminho entre Moscou e Irkutsk, dispunha apenas de dez dias se quisesse chegar ao destino antes das colunas tártaras. O triste acaso que o fizera encontrar a mãe traíra decerto seu segredo, e o traidor Ogareff já devia saber que um correio do czar se dirigia a Irkutsk, com despachos importantes. Por sorte Miguel ignorava que Marfa estava nas mãos de Ogareff e talvez pagasse com a vida por seu incontido grito de alegria ao avistar inesperadamente o filho.

À meia-noite, sempre a galope, Miguel chegou a uma estação de posta, onde não encontrou nem cavalos nem carros, pois os batedores tártaros já haviam passado pela região. Compreendendo que precisava poupar o cavalo, cuja substituição era problemática, Miguel descansou uma hora e pôs-se de novo a caminho. As condições atmosféricas o favoreciam e o correio do czar podia orientar-se facilmente na estepe.

Na manhã de 30 de julho, alcançou os pântanos de Barabinsk, vasta região alagada cuja travessia, bastante segura no inverno devido ao congelamento do solo, torna-se, no verão, extremamente perigosa e difícil. Miguel, no entanto, continuava a galopar como podia, nos trechos menos firmes da estrada, mas por mais que corressem, cavalo e cavaleiro não podiam escapar às picadas dos incômodos mosquitos que infestam a região.

Quando sentia que o animal, exausto, precisava de repouso, o rapaz parava à porta de uma das pobres cabanas existentes no pântano, pedia aos moradores um pouco de forragem para o cavalo, esfregava-o com gordura quente e, depois de conseguir para si próprio um pedaço de pão ou carne, descansava uma ou duas horas e retomava o caminho de Irkutsk.

A 30 de julho chegou a Elamsk, onde foi forçado a pernoitar, para permitir a seu cavalo, quase a cair de exaustão, algumas horas de repouso. Na cidade, quase deserta, não encontrou nenhum meio de transporte. A maioria da população procurara refúgio nos vilarejos do pântano.

No dia seguinte, ao saber que batedores tártaros se aproximavam da cidade, Miguel retomou a estrada.

A 1º de agosto chegou a Pokrowskoë e viu-se obrigado a novo pernoite, pois o cavalo, estafado, não dava mais um passo. Tornou a partir pela manhã e na tarde de 2 de agosto alcançou Kamskiy, cuja população não fugira ante a ameaça de invasão, sentindo-se talvez garantida pelos pântanos que a ilhavam. Ninguém, contudo, tinha qualquer informação sobre o avanço dos invasores e, por mais que Miguel procurasse passar despercebido, sempre encontrava quem o enchesse de perguntas a respeito dos tártaros. O rapaz tencionava adquirir um carro, em troca do seu exausto cavalo, mas desistiu do intento não somente para evitar especulações em torno da sua pessoa como por reconhecer que, em caso de perseguição, o cavalo seria mais útil naquela região pantanosa. Não trocou sequer de cavalo, pois não encontrou nenhum melhor do que o valente companheiro. Dormiu mal, apesar da fadiga, e na manhã seguinte já se pusera a caminho.

Pernoitou em Ubinsky, partiu na manhã seguinte e, diante das condições da estrada, ainda mais enlameada e esburacada que antes, viu como fora acertada sua resolução de não vir de carro! Em Ikoulskoë, onde também pernoitou, nenhuma notícia conseguiu obter sobre o progresso da invasão tártara.

A 5 de agosto, saiu afinal do pântano, vinte e um dias depois de deixar Moscou. E ainda estava a quinhentas verstas de Irkutsk.

XVI
ÚLTIMO ESFORÇO

Nas planícies que se estendiam além dos pântanos, Miguel encontrou apenas destruição e ruínas. Os campos, pisados por numerosos cascos de cavalos, indicavam que os tártaros por ali já haviam passado. Ao contemplar as ruínas ainda fumegantes, Miguel tinha apenas uma dúvida: toda aquela imensa devastação teria sido causada pela vanguarda tártara ou o grosso do exército do emir já se encontraria no coração da província?

Passando por uma cabana destruída, o rapaz avistou um velho que olhava tristemente os escombros. Às perguntas de Miguel, respondeu que o exército do emir fora o causador dos incêndios e das destruições, que Feofar Khan estava em Tomsk, mas os invasores ainda não tinham chegado a Kolyvan.

Miguel decidiu evitar Tomsk a qualquer preço, reabastecer-se em Kolyvan e deixar então a estrada de Irkutsk para contornar Tomsk depois de atravessar o Obi.

Ao cavalo, já bem extenuado, pediria ainda um último esforço e tentaria trocá-lo por outro em Kolyvan. Tomada essa decisão, pôs-se a caminho e, ao escurecer, apeando-se para reconhecer o terreno, Miguel escutou um rumor a oeste. Pôs o ouvido no chão e concluiu que um grupo de cavaleiros se aproximava pela estrada de Omsk. Ignorando se eram russos ou tártaros, o correio do czar resolveu esconder-se num pequeno bosque de lariços, isolado na estepe vazia. Miguel internou-se entre as árvores até dar com um riacho que ali fazia um semicírculo. Depois de prender o cavalo perto da margem, Miguel deitou-se no chão, na orla do arvoredo, a fim de observar os cavaleiros. Em breve avistou um grupo impreciso de homens, conduzindo tochas, e recuou para o interior do bosque.

Ao atingir o bosque, os cavalos diminuíram a marcha e os cavaleiros apearam. Eram uns cinquenta soldados e constituíam um destacamento vindo de

Omsk, que resolvera acampar ali. Enquanto os cavalos pastavam, os homens retiraram as provisões das mochilas e começaram a comer e a conversar.

Miguel aproximou-se com cuidado, arrastando-se entre os arbustos, e se pôs a escutar a conversa dos cavaleiros. As primeiras palavras que lhe chegaram aos ouvidos deixaram-no preocupado e confirmaram suas suspeitas:

— E esse tal correio não nos pode ter tomado grande dianteira — dizia o comandante.

— Talvez ainda continue em Omsk, escondido numa das casas da cidade — sugeriu o subcomandante.

O comandante achou pouco provável a hipótese e foi de opinião que o correio, sendo siberiano, devia conhecer bem a região e possivelmente teria preferido deixar a estrada e embrenhar-se nos bosques. Se assim fosse, precedê-lo-iam em Tomsk e lá o aprisionariam. O coronel Ogareff tinha grande interesse em conhecer a natureza do documento que o correio por certo levaria consigo. Após uma pausa, o comandante observou:

— Que mulher corajosa a velha siberiana que dizem ser mãe do rapaz! Mas o coronel tem meios de obrigá-la a falar!

Miguel não teve mais dúvidas de que os tártaros já conheciam sua verdadeira identidade e de que sua velha mãe era prisioneira de Ogareff. Aquele destacamento de cavalaria fatalmente o impediria de cumprir a missão, barrando-lhe o acesso a Irkutsk.

Soube ainda, pela conversa dos oficiais, que um pequeno corpo russo de dois mil homens deslocara-se do norte e avançava em marcha forçada para Tomsk, onde certamente seria aniquilado pelo poderoso exército de Feofar Khan, que assim conseguiria o domínio total da entrada de Irkutsk. Miguel tomou também conhecimento de que sua cabeça fora posta a prêmio e que havia ordem de o prenderem morto ou vivo.

Resolveu, então, partir o mais depressa possível, pois os cavaleiros tártaros já se movimentavam, preparando-se para a partida. Rastejando por entre as ervas altas, Miguel alcançou seu cavalo, mas, no momento de partir, um cavalo dos tártaros o pressentiu e relinchou.

Os cavaleiros correram imediatamente para seus animais a um grito de alerta de uma sentinela, que percebera a silhueta de Miguel afastando-se a galope pela estrada e atirara no fugitivo, conseguindo apenas furar-lhe a peliça. O tempo gasto com o arreamento dos cavalos tártaros deu a Strogoff uma curta vantagem inicial, mas, poucos minutos depois, já o correio se via perseguido por vários cavaleiros.

O dia clareava quando o curso do rio Obi, bordejado por escassa vegetação, surgiu aos olhos de Miguel. O comandante do destacamento, galopando bem à frente dos cavaleiros, aproximava-se rapidamente, e o correio, sem se deter, voltou-se e o abateu com um tiro de revólver.

Durante algum tempo, Miguel Strogoff pôde se manter fora do alcance das armas dos seus perseguidores, mas o cavalo começou a dar visíveis sinais de exaustão e os tiros soavam cada vez mais próximos. Atirando sobre os cavaleiros cuja proximidade já o ameaçava perigosamente, o rapaz conseguiu derrubar alguns.

Exigindo um último esforço do exausto cavalo, Miguel atingiu a margem do Obi, onde não avistou nenhuma embarcação. Com um grito, lançou então o cavalo ao rio, que naquele trecho tinha uma meia versta de largura; a forte corrente arrastou o cavalo, que não podia tomar pé e lutava bravamente para avançar. Os tártaros pararam à margem, hesitantes, e o subcomandante, tomando da espingarda, visou o fugitivo. O tiro atingiu o flanco do cavalo e Miguel, livrando-se dos estribos no momento em que o animal afundava, mergulhou sob um chuveiro de balas; nadando sob a superfície, conseguiu com esforço alcançar a margem oposta e desapareceu entre os juncos ribeirinhos.

XVII
VERSÍCULOS E CANÇÕES

Embora em relativa segurança, Miguel se achava numa terrível situação, a pé e sem provisões, numa região devastada pela invasão, sujeita às constantes incursões dos batedores do emir e ainda muito longe do seu destino. Jurando, contudo, cumprir a qualquer preço a missão que o czar lhe confiara, repetia sempre: "Deus proteja a santa Rússia!"

Livre do destacamento que não ousara se aventurar no Obi e decerto o imaginava afogado, Miguel, depois de atravessar os juncos, encontrou-se de novo no chão firme da estepe e continuou a caminhada, sempre no firme propósito de evitar Tomsk, ocupada pelos tártaros. Tornava-se, no entanto, indispensável alcançar alguma aldeia, a fim de arranjar um cavalo, antes de retomar a estrada de Irkutsk nos arredores de Krasnoyarsk.

Orientou-se cuidadosamente e, após algum tempo de marcha, avistou a pequena cidade de Kolyvan, local de veraneio dos funcionários e outros habitantes das cidadezinhas espalhadas pelo insalubre Barabinsk. Não lhe parecendo provável que a cidade estivesse em poder dos tártaros, o rapaz apressou os passos, com a intenção de se antecipar aos perseguidores; desejava adquirir algumas roupas, provisões e um cavalo, para tomar em seguida o rumo de Irkutsk através da estepe meridional.

Eram três horas da manhã quando penetrou nos arredores de Kolyvan, que pareciam abandonados. Miguel atingira as primeiras ruas da cidade, quando escutou vários tiros, inclusive de canhão. Um pequeno contingente russo entrara em choque com os tártaros, à esquerda de Kolyvan, e do outro lado do rio os cavaleiros que o perseguiam se haviam detido e aguardavam o resultado da batalha. Miguel estugou o passo, sem saber se os russos defendiam Kolyvan dos tártaros ou tentavam retomá-la.

A luta em breve alcançava o centro da cidade e Miguel, reconhecendo a imprudência de fazer compras em Kolyvan em semelhante ocasião, desviou-se para a direita e resolveu seguir a pé até a próxima aldeia. A fuzilaria aumentava de intensidade, e o rapaz notou que um incêndio começava a devorar Kolyvan. Miguel corria para procurar abrigo sob um dos poucos arbustos da estepe, quando um destacamento tártaro apareceu à direita, cortando-lhe o caminho. Súbito, o rapaz avistou na orla de um espesso bosque uma casa isolada e para lá correu sem um minuto de hesitação. Ao aproximar-se, verificou que era um posto telegráfico e, como provavelmente estaria abandonado, resolveu nele refugiar-se até a noite, quando teria alguma chance de escapar aos batedores tártaros.

O posto telegráfico não estava, porém, abandonado e, na sala de transmissões, o telegrafista, por trás do guichê, parecia calmo e indiferente ao que se passava lá fora.

Às perguntas ansiosas de Miguel sobre a luta que se travava na cidade, o homem declarou nada saber.

— O fio não está cortado?

— Apenas entre Kolyvan e Krasnoyarsk, mas funciona perfeitamente daqui para a fronteira russa. Dez copeques por palavra. Às ordens, cavalheiro.

Miguel ia agradecer ao telegrafista e dizer-lhe que somente desejava um pouco de pão e água, quando dois homens irromperam na sala, alvoroçados, cada qual querendo chegar antes do outro no guichê do telegrafista. Não eram senão os nossos dois conhecidos jornalistas Jolivet e Blount em plena disputa profissional. Haviam deixado Ishim pouco depois de Miguel e, tendo chegado antes dele a Kolyvan, tiveram oportunidade de presenciar todo o desenrolar da luta entre russos e tártaros, até o momento em que o combate atingia as ruas da cidade, e estavam agora à procura da agência telegráfica para transmitirem suas notícias à Europa.

Miguel procurou ocultar-se para se inteirar dos acontecimentos. O inglês vencera a corrida ao guichê e estendia o seu telegrama ao funcionário do posto, enquanto Jolivet sapateava de impaciência.

— Dez copeques por palavra — disse o telegrafista.

Harry Blount depôs no balcão uma pilha de rublos e começou a ditar seu telegrama:

```
Daily Telegraph, Londres.
De Kolyvan, governo de Omsk, Sibéria.
Combate violento entre russos e
tártaros.
Russos repelidos, grandes perdas.
Tártaros acabam entrar Kolyvan...
```

— Agora é minha vez! — apressou-se Jolivet, ansioso por passar seu telegrama à indefectível prima.

Mas o inglês não parecia ter pressa:

— Ainda não acabei! — disse e continuou a escrever, ditando depois:

```
No começo Deus criou o Céu e a Terra...
```

Transmitindo versículos da Bíblia, o inglês procurava passar o tempo para não ceder lugar ao rival. Custaria caro, mas lhe garantia exclusividade no furo. A França que esperasse!

Jolivet, furioso, queria obrigar o telegrafista a receber sua mensagem. Mas o homem retrucou que o inglês estava no seu direito e continuou a martelar a mensagem bíblica. Blount foi rapidamente à janela olhar o progresso da batalha e, retornando, continuou:

```
Duas igrejas em chamas… A terra era
informe e nua...
```

E, sem dar qualquer atenção aos protestos do francês, Blount prosseguiu:

```
Fugitivos russos escapam da cidade. E Deus
disse: "Faça-se a luz, e a luz foi feita"...
```

O inglês deu nova corrida à janela e dessa vez, distraído pelo espetáculo da batalha, demorou um pouco mais, dando margem a que o telegrafista acabasse na sua ausência o trecho bíblico. Jolivet aproveitou a oportunidade para tomar o lugar do rival e, depois de depositar sua pilha de rublos, começou a ditar:

```
Madeleine Jolivet
10, Faubourg Montmartre, Paris
De Kolyvan, governo de Omsk, Sibéria
Os fugitivos russos são encarniçadamente
perseguidos pelos tártaros...
```

E, quando o inglês retornou, ouviu Jolivet cantarolar, enquanto completava o telegrama:

É um homenzinho muito feliz
vestido de gris
em Paris...

A batalha chegava ao paroxismo. Uma granada quebrou o vidro da janela e foi cair aos pés do francês, que a apanhou calmamente e a jogou para fora, continuando tranquilamente a transmissão do telegrama, mesmo depois que uma nuvem de poeira e fumaça invadiu a sala após a explosão do petardo.

Pouco depois um tiro derrubava o inglês e Jolivet preparava-se para transmitir a notícia pelo telégrafo, quando o telegrafista impassível comunicou:

— O fio foi cortado.

E, colocando o chapéu na cabeça, retirou-se por uma portinha traseira.

O posto foi então invadido por soldados tártaros que aprisionaram Miguel e os correspondentes de guerra, surpreendidos quando tentavam fugir pela janela dos fundos.

Segunda parte

XVIII
UM ACAMPAMENTO TÁRTARO

Para o acampamento de Feofar Khan — milhares de tendas espalhadas pela vasta planície de pastoreio que se estendia a pouca distância da aldeia de Diachinks — foram levados Miguel Strogoff, os dois jornalistas e os poucos soldados russos que conseguiram sobreviver ao massacre realizado pelos tártaros após a derrota das forças do czar no combate de Kolyvan. Irkutsk já não dispunha de qualquer espécie de comunicação com a Europa e, se as tropas de Amur e de Irkutsk não chegassem a tempo, toda a Rússia asiática em breve cairia em poder dos tártaros. E o grão-duque, irmão do czar, nas mãos vingativas de Ivan Ogareff.

Miguel Strogoff compreendia a gravidade da situação, mas não se dava por vencido nem perdia as esperanças de poder ainda cumprir a missão que lhe fora conferida.

O acampamento tártaro — um mar de tendas de couro, de feltro ou de tecidos de seda, cintilando aos raios do sol — constituía um soberbo espetáculo. Cerca de cento e cinquenta mil homens, entre infantes e cavaleiros, pertencentes a quase todas as raças asiáticas, ali estavam reunidos, inclusive escravos persas, servos judeus e um certo número de religiosos mendicantes. Os animais também se contavam aos milhares, cavalos, camelos, burros, sobretudo os primeiros, pois o exército tártaro dispunha de cinquenta mil cavaleiros.

A tenda de Feofar Khan, de seda brilhante, franjada de ouro e encimada pelo pavilhão do emir, ocupava o centro de uma clareira e se destacava sobre todas as demais.

Compreendendo que somente lhe seria possível tentar a fuga depois de Tomsk, Miguel procurava mostrar-se o mais dócil e paciente dos prisioneiros, esforçando-se por passar despercebido e principalmente para não ser visto por Ivan Ogareff. Com o pensamento sempre voltado para a mãe e Nádia, também prisioneiras dos tártaros, amargurava-se por não poder ajudá-las e receava jamais tornar a vê-las. Não se aproximou dos jornalistas; queria estar só para agir só, quando houvesse oportunidade de fuga.

Alcide Jolivet procurara socorrer o melhor possível o companheiro ferido, amparando-o durante todo o trajeto de Kolyvan ao acampamento, pois sabia que, diante daqueles bárbaros, de nada adiantaria invocar sua condição de estrangeiros. No acampamento, depois de lavar o ferimento de Blount, improvisar ataduras e uma tipoia, Jolivet deitou-se no chão, ao lado do inglês, passando os dois antigos rivais a discutir pacificamente não só assuntos profissionais como a marcha da invasão e a possibilidade de uma fuga do acampamento. E, tendo chegado à conclusão de que não adiantaria reclamar de Feofar Khan o reconhecimento de seus privilégios de correspondentes de guerra estrangeiros, resolveram apelar para o coronel Ogareff, quando a ocasião se apresentasse, pois um oficial russo, mesmo traidor, jamais seria um selvagem.

Uma vez livres, pretendiam continuar a seguir os tártaros, até que a evolução dos acontecimentos lhes possibilitasse a passagem para o campo russo.

Quatro dias, porém, transcorreram, e Ogareff continuava ausente do acampamento, para desespero dos jornalistas e satisfação de Strogoff. Sujeitos às intempéries, duramente tratados e insuficientemente alimentados, os prisioneiros chegavam a invejar o destino dos mais fracos, sobretudo mulheres e crianças que não conseguiam resistir aos sofrimentos e morriam às dezenas. Miguel e Alcide, mais vigorosos e resistentes, em consequência de um nível social muito mais elevado que a maioria dos prisioneiros, tudo faziam, cada qual por seu lado, para minorar-lhes as aflições.

Afinal, no quinto dia, soaram as trombetas, rufaram os tambores, explodiram as salvas das armas de fogo e Ivan Ogareff, seguido por alguns milhares de soldados, fez sua entrada no acampamento tártaro.

O FRANCÊS

Ivan Ogareff trazia ao emir um completo corpo de exército, composto de cavaleiros e infantes, retirados da coluna que se apoderara de Omsk. Não conseguindo tomar a cidadela da cidade alta, Ogareff resolvera seguir adiante para não atrasar a marcha sobre a Sibéria Oriental, deixando, porém, em Omsk uma guarnição suficiente à defesa da área conquistada.

As forças de Ogareff detiveram-se nos postos avançados do acampamento, sem receberem ordem de bivacar, pois seu chefe pretendia continuar o mais depressa possível o avanço para Tomsk. Juntamente com os soldados, Ogareff trazia numerosos prisioneiros russos e siberianos, capturados durante a campanha, os quais, por falta de espaço no local onde se encontravam os demais prisioneiros, ficaram também nos postos avançados. O destino desses infelizes dependeria apenas do capricho do poderoso emir, que tanto poderia mandar interná-los em Tomsk como fazê-los executar por qualquer dos meios bárbaros e sangrentos comumente empregados pelos tártaros.

O corpo de exército era acompanhado pelo bando habitual de ciganos, mascates e vagabundos que forma a retaguarda das tropas em marcha, e dele participava o grupo de Sangarra. A espiã, alma danada de Ivan Ogareff, nunca se afastava de seu senhor, e era-lhe muito útil, por intermédio de seus ciganos, que penetravam em toda parte, tudo ouvindo e informando. Sangarra fora especialmente incumbida de espionar a velha Marfa, também integrante do grupo de prisioneiros, e desde Omsk a seguia de perto, tentando surpreender-lhe uma palavra ou um indício que pudesse revelar a Ivan Ogareff o destino do correio do czar.

O traidor, que fora recebido por uma brilhante escolta, vestia ainda, num desafio impudente, a farda de oficial russo e preparava-se para entrar no acampamento, a convite do emir, quando Sangarra dele se aproximou, informando-o de que a velha siberiana até o momento nada deixara transparecer sobre o destino do filho. Ogareff declarou-lhe então que em Tomsk saberia obrigar a prisioneira a falar.

Feofar Khan, cercado pelos mais altos dignitários de sua corte e vestido com um magnífico traje de guerra — cota de malha de ouro e prata, boldrié faiscante de pedras preciosas, capacete adornado de diamantes, botas com esporas de ouro —, recebeu Ogareff com um beijo, dando assim a entender aos presentes que o nomeava chefe do conselho e o considerava provisoriamente um príncipe.

Autorizado pelo emir, falando em tártaro e empregando a forma poética, comum às línguas orientais, o ex-coronel russo fez ao conselho uma exposição minuciosa do desenvolvimento da campanha e concluiu declarando que, diante do êxito da invasão, o avanço para o oriente ou o ocidente, ou seja, para Irkutsk ou o Ural, dependia apenas da vontade de Feofar Khan.

— E os exércitos do sultão de Petersburgo? — indagou o emir.

— Serão esmagados, como já o foram as tropas siberianas.

Consultado pelo emir, aconselhou-o a se dirigir para o oriente e conquistar Irkutsk, a capital das províncias do leste, e com ela um refém, precioso, cuja posse valia por um país: o grão-duque.

O emir concordou e prometeu que naquele mesmo dia seu quartel-general seria transferido para Tomsk.

No momento em que Ogareff se preparava para montar seu cavalo, um rumor de luta partiu da área destinada aos prisioneiros e dois homens rompendo a barreira dos guardas surgiram à sua frente. Os homens da escolta, a uma ordem do comandante, já se dispunham a matar os fugitivos, quando o russo percebeu que eram estrangeiros e mandou que os trouxessem à sua presença. Jolivet e Blount — pois não eram outros — sabedores da chegada do ex-coronel russo, haviam insistido em vão com os soldados para que os levassem até ele e, como último recurso, resolveram provocar o tumulto.

O traidor não os reconheceu, mas os dois jornalistas logo o identificaram como o arrogante cavalheiro de Ishim. O russo ordenou-lhes que se identificassem e ambos apresentaram suas credenciais de correspondentes de guerra a serviço de dois jornais europeus.

— Querem autorização para acompanhar nossas operações militares na Sibéria? — perguntou-lhes então Ogareff.

— Queremos apenas nossa liberdade — respondeu secamente o inglês.

— Podem considerar-se livres — disse-lhes Oga-reff. E, montando no cavalo, colocou-se à frente da escolta e desapareceu numa nuvem de poeira. Os dois jornalistas trataram logo de aproveitar a ordem e começaram a traçar seus planos, como dois bons amigos, a antiga rivalidade totalmente esquecida nos sofrimentos e privações da prisão. Pretendiam acompanhar os tártaros até onde lhes fosse possível reunir-se de novo aos russos, pois tinham certeza de que, apesar das aparências, as tropas do czar acabariam expulsando os invasores.

A presença de Ogareff era para Miguel um constante motivo de preocupação. Sabia que, mal o avistasse, o traidor o reconheceria como o viajante de Ishim e, embora a ordem de marcha o expusesse a esse perigo, não deixava de favorecer-lhe os planos. Felizmente para o prisioneiro, Ogareff partiu ao lado do emir à frente do exército e assim, pelo menos até chegarem a Tomsk, podia considerar-se em relativa segurança. E sendo Tomsk, no momento, o limite mais avançado da invasão tártara, ser-lhe-ia menos difícil fugir para Irkutsk. A 12 de agosto, quando o exército partiu, Jolivet e Blount, que haviam conseguido comprar dois cavalos, já se encontravam a caminho de Tomsk.

Entre as companheiras de infortúnio de Marfa, destacava-se, não só por sua beleza como também por uma impassibilidade que em nada ficava a dever à da velha siberiana, uma jovem que parecia ter tomado a si o cuidado de velar pela idosa e taciturna prisioneira. Nádia — pois se tratava da jovem livoniana —, que, depois de aprisionada no rio Irtixe, fora levada para Omsk e reunira-se aos demais prisioneiros, procurava sempre encontrar-se nas proximidades da velha siberiana todas as vezes que sua ajuda lhe podia ser útil. Marfa, a princípio desconfiada da solicitude da jovem desconhecida, foi aos poucos sendo conquistada pela bondade da moça, e uma sincera afeição acabou se estabelecendo entre as duas prisioneiras. E Nádia podia assim, sem o saber, prestar à mãe de Miguel as atenções que ela própria dele havia recebido.

Acreditando na morte do companheiro de viagem, a jovem pedia sempre a Deus que lhe permitisse vingá-lo, lamentando não ter o rapaz lhe confiado o segredo da missão que o trouxera à Sibéria, para encarregar-se ela mesma de sua execução.

Em breve, com a crescente intimidade que se criava entre ambas, Nádia começou a narrar a Marfa alguns episódios de sua vida e um dia falou-lhe de Nicolau

Korpanoff e de tudo o que acontecera desde que o conhecera até a morte do rapaz no rio Irtixe.

— Tem certeza de que ele se chama Nicolau Korpanoff, minha filha? Conheço apenas um jovem, na mocidade atual, que seria capaz de proceder com igual bravura e generosidade, sem me causar espanto — falou a velha, demonstrando profundo interesse.

— Mas por que me enganaria ele sobre o seu nome, se não me enganou em mais nada? — retrucou Nádia.

A pedido de Marfa contou-lhe em detalhes, mais uma vez, todos os acontecimentos ocorridos durante a viagem, inclusive a afronta de Ishim, que omitira deliberadamente, temendo dar uma falsa impressão do caráter do rapaz. Percebendo a indignação de Marfa ante a aparente covardia do amigo, Nádia apressou-se em justificá-lo:

— Não o condenemos, minha mãe. Ele guardava um segredo terrível. E eu nunca o admirei tanto como naquela hora de humilhação!

— Como era esse rapaz, fisicamente? — indagou a velha siberiana.

— Alto, muito bonito...

— Tenho certeza de que era meu filho! E ele nunca lhe falou de sua mãe?

— Constantemente, Nicolau adorava a mãe. Disse-me, no entanto, que passaria por Omsk sem a procurar, por motivos que desconheço, mas que deveriam ser importantíssimos. Pelo que entendi, Nicolau Korpanoff, por razões de dever e honra, via-se obrigado a atravessar a Sibéria no mais absoluto segredo.

Marfa compreendera tudo, inclusive o estranho procedimento de Miguel quando o encontrara em Omsk. Mas nada explicou a Nádia, porque tinha agora certeza de que o filho viajava em missão secreta, levando um importante documento, e era obrigado a ocultar sua verdadeira identidade. Não ousando sequer revelar à jovem que Korpanoff, ou seja, Strogoff, continuava vivo, contentou-se apenas em dizer:

— Não perca a esperança, minha filha. Tenho o pressentimento de que ainda reverá seu pai e talvez aquele que a chamava de irmã não esteja morto. Faça como eu; este luto que visto ainda não é por meu filho!

O CHICOTE

Nádia não tinha mais dúvidas de que o amigo que supunha morto era filho de Marfa, e esta, por sua vez, já encontrara explicação para o mistério que tanto a angustiara. Ambas, porém, ignoravam que Miguel Strogoff, aprisionado em Kolyvan, fazia parte do numeroso grupo de prisioneiros que com elas se dirigia a Tomsk.

Viagem terrível para todos, mortal para muitos, sempre a passo acelerado sob o chicote implacável dos tártaros, através da estepe ardente, numa estrada ainda mais poeirenta depois da passagem do emir e sua vanguarda. Cento e cinquenta verstas que deveriam parecer intermináveis, por mais rapidamente que fossem percorridas.

Miguel continuava resolvido a somente tentar a fuga depois da chegada a Tomsk. A vigilância severa das guardas e a ação dos numerosos destacamentos que patrulhavam a planície em todas as direções ainda mais reforçavam esse propósito.

A 15 de agosto chegaram ao povoado de Zabediero e acamparam às margens do rio Tom, a trinta verstas de Tomsk.

Ivan Ogareff deixara o emir em Tomsk e voltara ao acampamento de Zabediero, de onde, no dia seguinte, devia partir a retaguarda do exército tártaro. Uma casa foi especialmente preparada para o seu pernoite.

Escurecia quando Nádia, amparando Marfa, dirigira-se ao rio, onde os prisioneiros matavam a sede. E acabavam de beber, quando Nádia deixou escapar um grito involuntário. Miguel Strogoff estava a alguns passos de ambas, Miguel Strogoff sem dúvida alguma.

Ao grito de Nádia, Miguel estremecera, mas possuía bastante domínio sobre si mesmo para não pronunciar uma palavra que o pudesse comprometer. Tanto mais que ao lado de Nádia reconhecera sua mãe!

Nádia, num impulso, ia correr ao encontro de Miguel, quando a velha a conteve.

— Fique onde está, minha filha — murmurou ao ouvido da jovem.

— Mas é ele, minha mãe! Está vivo!

— Sim, é meu filho. Mas faça como eu, não dê qualquer demonstração de que o conhece.

Miguel Strogoff foi tomado de intensa emoção ao ver a mãe e Nádia juntas. Deus reunira no infortúnio as duas criaturas que quase se confundiam no seu coração! Saberia Nádia quem ele era? Bem vira o gesto da mãe, evitando que a moça lhe falasse, prova de que Marfa não só compreendera como guardava seu segredo!

Durante a noite, várias vezes teve ímpetos de procurar a mãe, mas não cedeu ao imenso desejo de estreitá-la nos braços e de apertar a mão de sua jovem companheira. A menor imprudência poderia ser-lhe fatal. Depois que chegassem a Tomsk, trataria de ganhar a estepe, sem sequer falar à mãe, juramento que fizera a si mesmo e que manteria a todo custo até cumprir sua missão! Era preciso evitar que o encontro em Zabediero tivesse más consequências. Mas, infelizmente, não contava Miguel com Sangarra, que tudo observara e, embora não o identificasse, pois já se afastara quando a cigana se voltara na sua direção, pudera compreender perfeitamente a significação da cena entre as duas mulheres.

Sangarra só teve então um pensamento: *Correr a Zabediero e avisar ao amo que o filho de Marfa fazia parte do grupo de prisioneiros do acampamento.*

Ogareff acentuou à fiel aliada a importância que a prisão do correio do czar e a apreensão da correspondência, sem dúvida destinada ao grão-duque, representavam para seus planos e censurou asperamente a cigana por não ter conseguido identificar Strogoff.

— Não houve tempo, a cena foi muito rápida — justificou-se Sangarra. — Ninguém o conhece melhor que a mãe. Basta obrigá-la a falar.

— Amanhã ela fala — prometeu Ivan Ogareff. Sangarra voltou ao acampamento, localizou as duas mulheres e passou a noite a observá-las. Nada, porém, conseguiu descobrir, pois, embora não conseguissem dormir, nenhuma das duas, por prudência, trocou uma palavra a respeito de Miguel.

No dia seguinte, Ivan Ogareff surgiu no acampamento, acompanhado de vários oficiais do Estado-Maior tártaro. Tinha a fisionomia carrancuda, e Miguel, ao vê-lo passar, teve o pressentimento de que uma catástrofe não tardaria a acontecer.

No centro do acampamento Ogareff apeou-se, e os tártaros formaram um amplo círculo ao seu redor. Sangarra aproximou-se do amo e lhe sussurrou que nada de novo conseguira descobrir. Ogareff deu então uma ordem breve aos oficiais e os prisioneiros foram obrigados, a chicotadas e golpes de lança, a se colocarem em círculo ao longo de toda a área do acampamento, enquanto à sua retaguarda uma quádrupla linha de infantes e cavaleiros impedia qualquer tentativa de fuga.

A um sinal de Ogareff, Sangarra dirigiu-se ao grupo onde se encontrava Marfa. A velha siberiana compreendeu imediatamente o que ia acontecer e murmurou para Nádia:

— Você não me conhece mais, minha filha. Haja o que houver, não diga uma palavra! Lembre-se de que a vida dele corre perigo.

Sangarra pôs a mão no ombro da velha e começou a empurrá-la para o meio do círculo, até onde se encontrava Ivan Ogareff, enquanto Miguel fechara os olhos, para não se trair nem pelo olhar.

Ogareff interpelou a velha:

— Marfa Strogoff, você ainda continua a negar que o homem a quem chamou de filho em Omsk era Miguel Strogoff, correio do czar? Quem era ele então?

— Não era meu filho.

— E não o viu depois?

— Não.

— E não o reconheceria, se o mostrassem?

— Não.

— Todos os prisioneiros vão desfilar diante de seus olhos e se você não apontar seu filho, velha, receberá tantas chicotadas quantos forem os homens que passarem!

Ogareff compreendera que a velha não trairia o filho, quaisquer que fossem as ameaças e torturas a que a submetesse; contava, portanto, mais com o filho que com a mãe, pois julgava quase certo que o rapaz se denunciaria ao vê-la açoitada. Poderia ter mandado dar busca nos prisioneiros, à procura do documento, porém era mais que provável que o correio o houvesse destruído e estivesse à espera de uma oportunidade para fugir do acampamento, a fim de transmitir verbalmente sua mensagem ao grão-duque.

Tornava-se portanto indispensável a identificação do correio do czar.

Nádia tudo ouvira, sabia agora por que Miguel era obrigado a viajar incógnito pelas províncias invadidas.

À nova ordem de Ogareff, os prisioneiros começaram a desfilar um a um diante de Marfa, que se mantinha imóvel e com absoluta indiferença no olhar. Miguel se encontrava entre os das últimas fileiras e, quando passou diante de Marfa, Nádia fechou os olhos para não o ver. O rapaz conseguira manter-se impassível, mas cerrara as mãos tão fortemente que as unhas lhe penetraram na palma e a fizeram sangrar.

Ivan Ogareff fora vencido pela mãe e pelo filho.

Sangarra então aproximou-se do amo e disse apenas uma palavra:

— O cnute!

— Isso mesmo — gritou Ogareff, fora de si —, chicoteiem essa bruxa velha, até que morra!

Um soldado tártaro trazendo na mão o terrível cnute — chicote de couro com pontas de ferro — aproximou-se de Marfa. Outros dois soldados agarraram a velha, puseram-na de joelhos e lhe descobriram as costas. Um sabre foi enterrado no chão, com a ponta a alguns centímetros do peito da prisioneira.

— Comecem! — ordenou Ivan Ogareff.

O soldado ergueu o cnute no ar, mas, antes que ele ferisse a mulher, uma mão forte o arrancou do tártaro. Miguel, que em Ishim conseguira conter-se depois da chicotada de Ivan Ogareff, agora, diante da mãe prestes a ser flagelada, não pudera dominar-se.

Ogareff triunfava:

— Ah, Miguel Strogoff? Então é o mesmo homem de Ishim?

— Ele mesmo! — gritou Miguel. E, erguendo o cnute, rasgou com um violento golpe a face de Ogareff.

— Pago o que lhe devo! — acrescentou, trêmulo de ódio, o correio do czar.

— Bem feito! — disse a voz de um espectador que felizmente se perdeu na multidão.

Vários soldados se atiraram sobre Miguel, e o matariam, se Ogareff, embora se contorcendo de raiva e dor, não os contivesse:

— Esse homem está reservado à justiça do emir! Revistem-no!

A carta com as armas imperiais, que o correio não tivera tempo de destruir, não tardou a ser encontrada junto ao peito de Miguel e entregue a Ogareff.

O espectador que tivera a coragem de apoiar Strogoff não fora outro senão Jolivet, que acabava de chegar com o inglês a Zabediero e assistira à cena.

— Bela desforra da afronta de Ishim! — disse ele a Blount.

— Bela, de fato, mas Strogoff pode considerar-se um homem morto — comentou o inglês. — Talvez fosse melhor se esquecesse a afronta.

— Deixando a mãe morrer a golpes de cnute?

— E acha que com essa atitude ele melhorou a situação da mãe e da irmã? Ótimo incidente para uma crônica! Se ao menos Ogareff nos mostrasse aquela carta!

Depois de ler e reler longamente a carta, como se quisesse apreender-lhe bem o conteúdo, Ogareff ordenou que amarrassem o correio do czar e o levassem a Tomsk com os outros prisioneiros. Em seguida, cumprimentou o comandante das tropas acampadas em Zabediero e, sob um ruído ensurdecedor de tambores e trombetas, partiu ao encontro do emir.

A ENTRADA TRIUNFAL

Em Tomsk, o emir mandara organizar para suas tropas vitoriosas uma estrondosa recepção, incluindo, além de cânticos, danças e fogos de artifício, uma fantástica e barulhenta orgia.

O local escolhido para a cerimônia era um platô no alto de uma colina, a cavaleiro do Tom, emoldurado por soberbos pinheiros e cedros gigantescos e tendo ao fundo a encantadora paisagem da cidade, com suas elegantes vivendas e as cúpulas arredondadas de suas numerosas igrejas.

Nesse vasto e improvisado anfiteatro comprimia--se uma multidão cosmopolita, composta de todos os povos indígenas da Ásia Central, com exceção dos siberianos, que permaneciam em suas casas receosos da pilhagem que o emir poderia ordenar para encerrar dignamente a triunfal recepção.

Às quatro horas da tarde, montado em seu cavalo favorito e seguido por um brilhante e numeroso cortejo, o emir chegou ao local da cerimônia, ao som de fanfarras, tambores e salvas de mosquetes e artilharia.

Depois de desmontarem, dirigiram-se todos para uma magnífica tenda, armada no centro do anfiteatro, e pouco depois novo som de fanfarras anunciava a chegada de Ivan Ogareff e sua escolta. Uma extensa cicatriz cortava obliquamente o rosto do traidor, que já começava a ser chamado de "O Cicatriz".

Jolivet e Blount, recém-chegados de Zabediero, também estavam na assistência e, embora continuassem mais que nunca dispostos a se reunirem aos russos na primeira oportunidade, fartos de invasões, incêndios, mortes e pilhagens, não queriam perder um espetáculo que lhes poderia proporcionar uma esplêndida reportagem.

O espetáculo foi iniciado com uma cerimônia penosa — a humilhação pública dos vencidos — durante a qual várias centenas de prisioneiros desfilaram perante o emir, sob o chicote dos soldados. Miguel

Strogoff, especialmente guardado por um pelotão de soldados, era seguido por Nádia e Marfa.

Mãe e filho haviam sido brutalmente separados depois da cena em Zabediero e somente por ocasião do desfile tiveram tempo de se reverem.

A maioria dos prisioneiros já passara diante do emir, cada um obrigado a prosternar-se, com a fronte no chão, quando Jolivet, que, enojado, se dispunha a ir embora, agarrou de repente o braço de Blount:

— Olhe, a irmã de Korpanoff! Precisamos salvá-la...

E teria corrido ao encontro da moça se o inglês não o convencesse da temeridade de seu gesto.

Logo após Nádia, passou Marfa Strogoff, que, não se tendo prosternado com suficiente rapidez, foi chicoteada pelos guardas e caiu no chão. O filho tentou socorrê-la, mas os soldados o contiveram. E quando a velha, já de pé, ia continuar o desfile, Ivan Ogareff interveio:

— Essa mulher fica aí!

Nádia seguiu com os outros prisioneiros, enquanto Miguel Strogoff era levado à presença do emir, diante do qual permaneceu de pé, sem baixar os olhos.

— Testa no chão! — gritou-lhe Ogareff.

— Não! — respondeu altivamente Miguel.

Dois guardas tentaram obrigá-lo a prosternar-se, mas foram atirados ao chão pelo robusto prisioneiro.

— Vai morrer! — gritou Ogareff, avançando para o rapaz.

— Morrerei satisfeito, pois, na sua face de traidor, Ivan, a marca infame do cnute para sempre se conservará.

Ogareff empalideceu visivelmente e o emir lhe indagou, com ameaçadora calma, quem era o insolente prisioneiro.

— É um espião russo — respondeu Ogareff, sabendo que, assim o qualificando, a sentença de Miguel Strogoff seria terrível.

O emir apontou o Corão — como de hábito, sobre uma mesa diante de sua tenda — e, depois que lhe trouxeram o livro sagrado, abriu-o ao acaso e pôs o dedo numa das páginas. Segundo o costume tártaro, o próprio Alá iria decidir a sorte de Strogoff, através do versículo sobre o qual pousara o dedo do juiz.

O chefe dos ulemás aproximou-se do emir e leu em voz alta:

— E ele não mais verá as coisas da Terra.

— Espião russo — disse Feofar Khan —, vieste observar o que se passa no acampamento tártaro. Abre teus olhos, portanto, abre-os bem!

ABRE BEM OS OLHOS!

Enquanto de mãos atadas, Miguel Strogoff permanecia junto ao trono do emir. Marfa, vencida pelo sofrimento, deixou-se cair ao solo, sem nada mais querer ver ou ouvir. Ogareff tinha sem dúvida compreendido a significação das palavras do emir, pois um sorriso cruel lhe descerrara por momentos os lábios, antes de se dirigir para junto de Feofar Khan.

O som estridente das trombetas anunciou o início do espetáculo.

— Chegou o momento do balé — murmurou Jolivet a Blount. — Ao contrário de todos os povos civilizados, esses bárbaros o apresentam antes do drama.

Um grupo de bailarinas persas, em seus trajes exóticos e vaporosos, surgiu no anfiteatro e, ao som de bizarros instrumentos orientais, executou vários e graciosos números de dança tanto em solo como em conjunto.

Terminado o primeiro balé e cessados os últimos aplausos, o carrasco do emir, com voz grave, repetiu as palavras de Feofar Khan:

— Abre teus olhos, abre-os bem!

O homem empunhava um enorme sabre de lâmina curva e estava ao lado de um fogareiro, onde ardiam numerosas brasas.

Seguiu-se novo balé, agora cigano, tendo Sangarra como figura principal. Executaram uma dança endemoninhada, finda a qual o emir e seus aliados lhes atiraram uma chuva de moedas de ouro.

— Pródigos como saqueadores — murmurou Jolivet para o inglês.

A voz do carrasco soou novamente: "Abre teus olhos, abre-os bem!", e a repetição tornava as palavras ainda mais sinistras.

Jolivet notou que dessa vez o sabre já não estava nas mãos do verdugo.

Um esquadrão tártaro, no seu uniforme de guerra, entrou no anfiteatro e começou a executar uma fantasia pedestre. Escurecera, e os soldados dançavam com fachos, causando um efeito singular.

De repente, como se obedecessem a um sinal, apagaram-se os fachos, cessaram as danças, desapareceram os bailarinos. A um gesto do emir, Miguel Strogoff foi levado para o meio da praça, a fim de que todos os assistentes o pudessem ver.

Blount e Jolivet compreenderam que chegara o momento do suplício e, lembrando-se da generosidade com que Miguel sempre os tratara, não tiveram ânimo de presenciá-lo e retiraram-se para a cidade. Uma hora depois já galopavam pela estrada de Irkutsk.

Enquanto isso, Miguel, de pé, sem sinal de medo, olhava com altivez para o emir e com desprezo para Ogareff, sob a intensa expectativa da multidão que se comprimia em torno da praça.

O emir fez um gesto, e o prisioneiro, conduzido pelos guardas, aproximou-se da tenda de Feofar Khan, que, em tártaro, língua que Miguel compreendia, disse:

— Vieste ver, espião dos russos. Pois viste pela última vez. Dentro de poucos instantes teus olhos não mais verão a luz!

A cegueira, e não a morte, fora a condenação de Miguel Strogoff. Sem demonstrar qualquer fraqueza, o prisioneiro abriu bem os olhos, como se quisesse concentrar toda a vida naquele último olhar. Pensou em sua missão, na mãe, em Nádia. Depois voltou-se para Ivan Ogareff e disse:

— A última ameaça dos meus olhos será para você, traidor!

Mas Miguel se enganava. Não seria olhando para Ogareff que seus olhos iriam apagar-se. Marfa Strogoff se erguera diante do filho.

— Minha mãe! Sim, fique onde está, bem defronte de mim. Quero que meus olhos se fechem olhando para o seu rosto!

A uma ordem de Ogareff, dois soldados empurraram Marfa, que recuou, mas continuou de pé, a alguns passos do filho.

O carrasco se aproximou do prisioneiro trazendo nas mãos o sabre incandescente, retirado das brasas do fogareiro sobre as quais fora colocado algumas horas antes. Segundo o costume tártaro, Miguel perderia a visão ao calor de uma lâmina ardente imobilizada diante de seus olhos.

O rapaz não tentou resistir. Continuava com os olhos voltados para o vulto da mãe, como se nada mais para eles existisse, como se procurasse concentrar toda a sua vida naquela última visão. Com os olhos desmesuradamente abertos, Marfa Strogoff também olhava o filho.

A lâmina incandescente passou diante dos olhos de Miguel. Ouviu-se um grito de desespero, e a velha Marfa caiu no chão, inconsciente.

Cumprida a sentença, retirou-se o emir com sua comitiva, permanecendo apenas no local Ivan Ogareff e dois portadores de tochas. O traidor aproximou-se lentamente do supliciado e, tirando do bolso a carta imperial, colocou-a, com suprema ironia, diante dos olhos apagados do correio do czar:

— Leia esta carta, Miguel Strogoff. Leia e vá a Irkutsk transmitir ao grão-duque o que o irmão lhe manda dizer. O verdadeiro correio do czar é agora Ivan Ogareff!

Guardando depois a carta, retirou-se acompanhado pelos portadores de tochas. Miguel ficou só, a alguns passos da mãe, desmaiada, talvez morta.

Arrastou-se, tateando, até onde estava Marfa. Encontrou-lhe a mão, curvou-se sobre o seu corpo, escutou-lhe as batidas do coração. Começou depois a falar-lhe, baixinho, mas Marfa continuou imóvel. Miguel beijou-a na testa, ergueu-se e, tateando o chão com os pés, para guiar-se, caminhou lentamente na direção da extremidade da praça.

Nesse momento, Nádia apareceu e, correndo para o amigo, cortou as cordas que lhe atavam os braços com uma faca que trazia na mão.

— Irmão! — murmurou Nádia angustiada.

— Nádia! — exclamou Miguel. — Nádia!

— Venha, meu irmão. Meus olhos serão agora os seus. Eu o conduzirei a Irkutsk.

XXIII

UM AMIGO NA ESTRADA

Meia hora depois, Miguel Strogoff e Nádia haviam deixado Tomsk. Vários outros prisioneiros tinham também conseguido escapar, naquela noite, porque os soldados, embrutecidos pela orgia que se seguiu à cerimônia do planalto, relaxaram a vigilância. Nádia, que após o desfile fora levada com os outros prisioneiros, pôde assim voltar à praça, por ocasião do suplício de Miguel. Assistira a tudo sem se trair e, embora presa de terrível angústia, ainda teve forças para se manter imóvel.

— Vou ser o guia fiel daquele pobre cego! — jurou a moça a si mesma.

Depois que a multidão se afastou e Miguel, como um farrapo humano, ficou abandonado e sozinho na praça, Nádia aproximou-se do amigo e, tomando-lhe as mãos, conduziu-o pelas margens do Tom em direção à estrada de Irkutsk.

Caminhavam a largas passadas, receosos de que os tártaros, no dia seguinte, passado o efeito da orgia, reorganizassem de novo seus piquetes e lhes impedissem o avanço. A noite já ia avançada, e Nádia, embora exausta e com os pés sangrando, conseguiu caminhar até uma aldeia a cinquenta verstas de distância, sempre conduzindo Miguel pela mão. Abatido e silencioso, o rapaz ainda não dissera uma palavra e seguia ao lado da companheira no seu passo costumeiro.

Encontraram a aldeia semiabandonada, pois quase toda a população fugira para o Ienissei, levando em carroças os seus mais úteis pertences. Os caminhantes necessitavam, porém, de alimentação e algumas horas de repouso e por isso entraram numa casa vazia e sentaram-se a um banco na sala. Nádia fitou longamente o rosto de Miguel; e, se o rapaz pudesse vê-la, leria em seus olhos um misto de profunda compaixão e infinita ternura. As pálpebras inflamadas do cego cobriam-lhe grande parte dos olhos, que aparentemente não haviam sofrido qualquer modificação. A destruição radical da retina e do nervo ótico pelo intenso calor da lâmina incandescente fora, naturalmente, a causa de sua cegueira.

Estendendo as mãos, Miguel perguntou:

— Estás aí, Nádia?

— Sim, estou, Miguel; nunca mais o deixarei.

Era a primeira vez que ela o chamava de Miguel. O rapaz estremeceu, mas continuou, com firmeza:

— Temos que nos separar. Não quero atrapalhar sua viagem. Você precisa encontrar seu pai.

— Meu pai seria capaz de me amaldiçoar se eu o abandonasse agora, Miguel. Você precisa mais de mim do que ele. Você resolveu desistir da viagem a Irkutsk?

— Isso nunca. Ivan Ogareff roubou-me a carta, mas saberei cumprir minha missão. Fui tratado como espião, agirei como espião. Irei a Irkutsk e contarei ao grão-duque tudo o que vi e ouvi. Juro por Deus que ainda me defrontarei um dia com o traidor! Mas preciso chegar antes dele a Irkutsk.

— Então não podemos nos separar. Aqueles bárbaros lhe tomaram tudo, mas ainda tenho alguns rublos e meus olhos.

— Mas como iremos, Nádia, de que viveremos?

— Viajaremos a pé. E pediremos esmola, Miguel.

Os dois jovens já não se chamavam de irmã e irmão. O infortúnio os unira ainda mais estreitamente. Descansaram uma hora e Nádia conseguiu na vizinhança um pedaço de pão da terra e um pouco de hidromel. Comeram e partiram, retomando a estrada de Irkutsk.

Pensando nas dificuldades futuras, Nádia resistia bravamente à fadiga terrível da caminhada, com o firme propósito de chegar o mais depressa possível a Krasnoyarsk. Se o conseguissem, talvez nem tudo estivesse perdido, porque Miguel se daria a conhecer ao governador e certamente receberia ajuda. Sentindo-a às vezes tropeçar, Miguel se detinha, fixava os olhos na moça, como se tentasse vê-la através das trevas, segurava-a com mais firmeza pelos braços e retomava a marcha.

Em dado momento, ouviram rumor na estrada e iam esconder-se quando Nádia verificou que era apenas um rapaz numa carriola.

Miguel esperou a aproximação do veículo, aliás, bastante estragado e conhecido na região como *quibitca*. Comportava no máximo três passageiros, mas apenas um jovem russo e um cão o ocupavam.

Vendo os dois caminhantes, o moço parou a carriola e perguntou para onde iam.

— Vamos a Irkutsk — respondeu Miguel.

— Mas Irkutsk é muito longe. Vão a pé?

Miguel aproximou-se do veículo.

— Meu amigo, os tártaros nos roubaram tudo; não tenho um único copeque para lhe oferecer. Mas, se você quiser levar minha irmã no seu carro, eu os seguirei a pé...

Nádia opôs-se com veemência:

— Não quero, Miguel. Prefiro caminhar a seu lado.

Depois, voltando-se para o estranho, explicou:

— Meu irmão está cego. Os tártaros queimaram-lhe os olhos.

Compadecido, o jovem se ofereceu para levá-los na *quibitca*, que acomodaria bem os três, desde que o cão, Serco, os acompanhasse a pé, o que por certo agradaria mais ao animal. Miguel e Nádia subiram na carriola e o rapaz lhes disse que se chamava Nicolau Pigassof. Miguel estendeu-lhe a mão e afirmou que jamais esqueceria seu nome.

Nádia, exausta, adormeceu imediatamente, sentada ao lado de Strogoff, na palha amontoada no chão do veículo. O rapaz se pôs a fazer perguntas a Miguel sobre o suplício a que os tártaros o haviam submetido. Com a impressão de lhe reconhecer a voz, Strogoff, depois de narrar-lhe a horrível tortura, perguntou-lhe, afinal, se o não vira antes. Nicolau explicou que vinha de Kolyvan, onde trabalhava como telegrafista.

— Ah, era você o telegrafista, quando dois jornalistas, um francês e um inglês, disputavam a vez ao guichê, e o inglês redigiu uma mensagem contendo versículos da Bíblia?

Pigassof deu uma resposta que resumia seu caráter:

— É possível, mas não me lembro. Nunca leio os telegramas que transmito. Sendo minha obrigação esquecê-los, acho mais fácil ignorá-los.

Enquanto isso, a *quibitca* continuava em sua lenta cadência, que Miguel, impaciente, gostaria de poder apressar. Mas o condutor e o cavalo estavam acostumados a um ritmo de marcha — uma hora de descanso para três de percurso — e dele não se afastariam. Nicolau trazia fartas provisões e colocara-as à disposição dos companheiros, que supunha de fato irmãos.

À noite, enquanto Nádia dormia, Miguel aproveitava os cochilos de Nicolau na direção do veículo para segurar as rédeas e apressar a andadura do cavalo, somente as largando quando percebia que o condutor despertara.

Assim, continuaram, numa marcha lenta mas regular, até chegarem às margens do Chula, pequeno curso de água que separa a Sibéria Oriental da Ocidental.

Todas as cidades e aldeias percorridas davam uma impressão de solidão e desolação, quase inteiramente abandonadas pela população.

A 22 de agosto a *quibitca* já se encontrava a quatrocentas verstas de Tomsk, numa viagem até então agradável e tranquila em que eram animadas e frequentes as conversações entre os três companheiros. Certa vez Nicolau indagou de Miguel se achava provável que Irkutsk caísse nas mãos dos tártaros.

— Receio que sim — respondeu Strogoff.

Nicolau responsabilizou então o traidor Ivan Ogareff pelos sofrimentos do povo siberiano e concluiu:

— Quando penso no mal que Ivan Ogareff causou à nossa santa Rússia, acho que... que seria capaz de matá-lo!

— Pois eu tenho certeza de que o matarei — respondeu com calma Miguel.

A PASSAGEM DO IENISSEI

Na tarde de 25 de agosto, surgia no horizonte o casario de Krasnoyarsk. Felizmente para os viajantes, durante todo o percurso nenhum batedor tártaro foi visto nas imediações da estrada, o que parecia inexplicável, a menos que um grave imprevisto houvesse detido os invasores em sua marcha sobre Irkutsk.

E esse imprevisto realmente acontecera. Um novo corpo de soldados russos, organizado às pressas pelo governo de Ienissei, tentara retomar Tomsk e, embora repelido, conseguira atrasar bastante o avanço tártaro.

Miguel ignorava esses acontecimentos, mas compreendia que a ausência de batedores tártaros durante toda a duração da viagem lhes dava vários dias de vantagem sobre os invasores, não devendo, portanto, desesperar de poder precedê-los em Irkutsk, embora ainda estivesse a oitocentas e cinquenta verstas daquela cidade.

Nicolau pretendia ficar em Krasnoyarsk, caso pudesse prestar seus serviços no telégrafo local. Mas, se não o utilizassem ali, iria apresentar-se em Udinsk, ou até mesmo na capital da Sibéria. No seu honrado raciocínio, não poderia receber vencimentos do governo enquanto não estivesse realmente trabalhando.

Caso continuasse a viajar, levaria consigo os dois irmãos, que não poderiam desejar melhor guia e amigo.

Krasnoyarsk parecia abandonada quando os três viajantes nela penetraram, Miguel já quase sem esperanças de obter melhor condução para chegar a Irkutsk. E, à medida que percorriam as ruas desertas e contemplavam as casas silenciosas, de portas e janelas completamente cerradas, essa impressão cada vez mais se confirmava.

Em sua última mensagem, antes do corte do fio do telégrafo, o czar ordenara ao governador, à guarnição e aos habitantes que abandonassem a cidade, levando todos os objetos de valor ou que pudessem ter utilidade para os tártaros, e fossem se refugiar em Irkutsk.

A mesma ordem fora dada aos habitantes de todas as povoações da província, pois era intenção do governo imperial nada deixar ao invasor que lhe pudesse valorizar a conquista.

O som das rodas da *quibitca* era o único ruído que se ouvia na cidade morta, percorrida de ponta a ponta pelos três viajantes, num angustiado e perplexo silêncio.

Nicolau, evidentemente, não teria a quem se apresentar e assim resolveram apenas pernoitar na cidade e partir pela manhã para a travessia do Ienissei. Entraram numa casa, arranjaram uma ração de folhagem para o cavalo, comeram das provisões da *quibitca*, descansaram algumas horas e pela madrugada de 26 de agosto já estavam às margens do Ienissei. O dia começava a clarear, e os viajantes se defrontavam com o problema da travessia do largo rio sem balsa nem barcaça que os pudesse transportar para a margem oposta. A névoa, ainda forte, foi aos poucos se dissipando e Miguel recomendou aos dois companheiros que olhassem bem o rio, para ver se descobriam pelo menos um bote; mas não havia qualquer tipo de embarcação em nenhuma das margens.

Seguiram mais adiante, à procura do porto de embarque, de que Miguel se recordava, mas o local também estava deserto e não se via sinal de embarcação.

Nicolau e Nádia percorriam as cabanas do pequeno porto, tentando em vão descobrir algum bote, quando Miguel os chamou da porta de uma casa, ao lado da qual se amontoavam vários odres cheios de cúmis, bebida forte, feita de leite de camela e de jumenta.

— Vêm muito a propósito para reforçar as provisões da *quibitca* — observou Nicolau, em tom brincalhão.

Miguel mandou que conservassem cheio um dos odres e esvaziassem todos os outros e explicou-lhes que com eles atravessariam o Ienissei, pois o carro era leve e flutuaria se o apoiassem sobre os odres. Com dois odres presos ao cavalo e os demais à *quibitca*, desceram a rampa da margem até o rio e logo o veículo e seu motor flutuavam na correnteza. Miguel empunhava as rédeas, orientado por Nicolau, e a travessia transcorria sem incidentes de vulto, quando, de repente, chegaram a uma espécie de corredeira que arrastou a *quibitca*, apesar dos esforços de Miguel para manter-lhe o rumo.

O veículo começou a girar no torvelinho, ameaçando virar, e o cavalo mal conseguia manter a cabeça acima da superfície. Miguel, compreendendo o perigo, saltou ao rio e, com esforço sobre-humano, conseguiu afastar o carrinho da área da corredeira. A *quibitca*, de novo equilibrada, voltou a flutuar e o cavalo pôde vencer a força da correnteza, levando-os a uma pequena ilha fluvial, onde o recompensaram com um merecido descanso. O pequeno braço de rio que os separava da margem foi transposto em seguida sem maiores dificuldades, e o cavalo pisou terra firme bem abaixo do local de onde haviam iniciado a travessia.

Nicolau comentou que a aventura não teria sido tão divertida se não fosse tão difícil, e Miguel observou, otimista:

— Essa travessia, que para nós foi apenas difícil, talvez seja impossível para os tártaros.

UMA LEBRE NA ESTRADA

Miguel Strogoff podia enfim acreditar que o caminho para Irkutsk estava livre. Adiantara-se bastante aos tártaros, que, além de retardados em Tomsk, não encontrariam, com a terra devastada e sem meios de transporte para atravessarem o Ienissei, muitas facilidades para a rapidez de sua marcha. A *quibitca* retomara a estrada após o desvio forçado no rio, o trecho, aliás, mais bem conservado de toda a estrada de Irkutsk, onde as primeiras florestas começaram a surgir aos olhos dos viajantes, em substituição à monótona estepe; aldeias vazias, plantações destruídas, armazéns incendiados, se sucediam ao longo do percurso, em obediência à ordem do czar. As condições favoráveis do tempo e a confiança no êxito da viagem ajudavam Nádia e Miguel a se refazerem das fadigas anteriores, enquanto Nicolau, alegre e otimista, parecia um viajante em férias.

Andavam agora com maior rapidez, pois Miguel explicara a Nicolau que tinha pressa de chegar a Irkutsk, onde o pai os esperava. O cavalo, com as verdes e abundantes pastagens do caminho, depressa recuperara as forças e desenvolvia um esforço maior. Pelos cálculos de Miguel, a *quibitca* fazia agora de dez a doze verstas por hora.

Atravessaram várias aldeias e vilas e a cidade de Kamsk, todas desertas, vadearam com facilidade um pequeno rio e a 4 de setembro chegaram a Beriousa. As provisões já estavam bem reduzidas, mas Nicolau teve a sorte de encontrar num forno abandonado alguns bolos e uma boa quantidade de arroz cozido, que as reforçaram consideravelmente.

A 5 de setembro encontravam-se a quinhentas verstas de Irkutsk, e Miguel esperava dentro de dez dias estar na presença do grão-duque.

Ao entardecer, uma lebre atravessou o caminho, e Nicolau, lembrando-se de uma velha superstição russa que considerava o fato um mau presságio, não pôde ocultar sua consternação. Miguel animou o companheiro, que afinal encolheu os ombros fatalisticamente: "É o destino!", disse ele, e a viagem prosseguiu.

Na manhã do dia 6, descansavam numa aldeia, quando Nádia encontrou num vão de porta duas facas de caçador siberiano. Deu uma a Miguel, que a escondeu na roupa, e ficou com a outra.

Nicolau, ainda preocupado com a velha superstição ligada às circunstâncias do aparecimento da lebre na estrada, perdera o bom humor, fechando-se num obstinado mutismo, do qual Nádia tinha dificuldade de fazê-lo sair.

A *quibitca* corria agora com disposição, não só devido às boas condições da estrada, mas sobretudo porque Nicolau também tinha pressa em chegar, pois, apesar do seu fatalismo, só se consideraria seguro dentro dos muros de Irkutsk.

E, como confirmando os receios do moço, começaram a aparecer indícios inquietantes de que a segurança da viagem parecia seriamente ameaçada. O território, até então aparentemente livre do invasor, apresentava agora sinais evidentes da passagem recente de um numeroso corpo militar que espalhara por toda parte destruição e ruína. E somente os tártaros seriam capazes de tanta maldade e vandalismo.

Miguel sentia-se extremamente apreensivo, mas evitou confessar a Nádia ou Nicolau suas preocupações, resolvido a continuar a jornada, até que um obstáculo insuperável o detivesse.

A 8 de setembro, encontraram na estrada o cadáver de um mujique, horrivelmente mutilado. Nicolau afastou o morto para o acostamento e se preparava para enterrá-lo, quando Miguel o impediu:

— Continuemos, amigo, não podemos nos demorar um minuto sequer!

À medida que avançavam, os mortos iam se tornando cada vez mais numerosos, amontoados com frequência às margens da estrada, para horror de Nádia e crescente inquietação dos seus companheiros.

Ao cair da tarde avistaram as torres de Níjni Udinsk e, receosos de que a cidade estivesse ocupada pelos tártaros, passaram a caminhar com extrema prudência; não tardaram, porém, a confirmar suas suspeitas, ao perceberem, pelas densas nuvens de fumaça que começavam a se elevar de vários pontos, que a cidade estava sendo incendiada.

Os três viajantes já se dispunham a abandonar a estrada para tentar seguir pela estepe, quando se ouviu um tiro e um sibilar de bala, e o cavalo da *quibitca* caiu morto. Logo em seguida, um grupo de cavaleiros irrompeu na estrada e cercou o carro, aprisionando os três viajantes e os levando rapidamente para Níjni Udinsk. Miguel manteve a calma e não reagiu, o que seria loucura. Pela conversa dos soldados compreendeu que faziam parte de uma coluna que precedia o exército invasor, mas não estavam sob o comando direto do emir, ainda detido à margem do Ienissei. A tropa, que a conselho de Ogareff iria reunir-se a Feofar nas proximidades de Irkutsk, procedia das proximidades do lago Baikal, contornara a base das montanhas Altai e chegara ao alto curso do Ienissei, conseguindo atravessá-lo numa frota de barcaças. E, como qualquer tropa tártara, vinha deixando à sua passagem um rasto de sangue e destruição.

Os prisioneiros, depois de amarrados, foram jogados sobre cavalos, e Miguel, cuja cegueira os tártaros logo descobriram, foi colocado, entre risadas e comentários jocosos, na garupa de um cavalo também cego. E o animal, sem ter quem o guiasse, ora se chocava com uma árvore, ora saía da estrada, causando quedas e choques.

Miguel nada dizia, mas Nicolau, não podendo conter-se, tentou ir em auxílio do companheiro, sendo impedido e maltratado. E a brincadeira dos tártaros teria continuado por muito tempo, se um acontecimento inesperado não lhe pusesse fim. O cavalo cego, de repente enfurecido, correu para a extremidade de um barranco de uns quinze metros de altura, mas Miguel, advertido pelos gritos de Nicolau, pôde saltar da sela antes de o animal se atirar no precipício.

Com as pernas quebradas, o cavalo foi abandonado pelos tártaros, e Miguel, amarrado à sela de um cavaleiro, teve que seguir a pé.

Na noite de 11 de setembro, os soldados fizeram uma parada e começaram a beber. Nádia, que até então não fora molestada, recebeu de repente um grosseiro insulto de um dos tártaros, já completamente embriagado, e Nicolau, percebendo a cena, aproximou-se calmamente do soldado, tirou-lhe da sela uma pistola e a descarregou no peito do bárbaro. Os tártaros avançaram para o rapaz, dispostos a matá-lo, mas o comandante mandou que o atassem a um cavalo e o destacamento partiu logo depois a galope, deixando Nádia abandonada na estrada.

A corda que prendia Miguel, já esgarçada, rompeu-se com a corrida, e o tártaro, meio bêbado, não notou a ausência do prisioneiro.

Assim, Miguel Strogoff e Nádia viam-se de novo sozinhos na estrada.

NA ESTEPE

Livres mais uma vez, como durante a viagem até as margens do Irtixe, mas como mudara a situação! Eram dez horas da noite e os últimos tártaros já desapareciam na distância. Nádia lamentava a sorte do amigo fiel e esperava uma palavra de Miguel que a orientasse sobre o destino a seguir. Como o rapaz permanecesse silencioso, perguntou-lhe para onde o guiaria.

— Para Irkutsk! — respondeu Miguel.

— Pela estrada?

— Sim, Nádia.

Decidido a cumprir a qualquer preço sua missão, Miguel resolvera seguir pela estrada principal, o caminho mais curto para Irkutsk, julgando que teriam tempo de abandoná-la em caso de aparecimento de alguma tropa tártara.

Nádia deu-lhe a mão e os dois se puseram a caminho.

A 12 de setembro, vinte verstas além, cansados e famintos, entraram numa aldeia abandonada e, com os mantimentos que Nádia encontrou numa casa, fizeram uma boa provisão.

Retomaram a caminhada de mãos dadas, e mais adiante atravessaram a vau um pequeno rio. Pouco falavam e duas vezes por dia faziam uma parada, repousando seis horas, à noite. Alimentação, embora escassa, nunca lhes faltava, mas não encontraram um único animal que os pudesse transportar. Mortos e ruínas fumegantes assinalavam por toda parte a passagem da terceira coluna tártara. Nádia procurava sempre olhar o rosto dos cadáveres, mas não encontrou o de Nicolau; os tártaros talvez o reservassem para algum terrível suplício, pensava a moça com horror.

As conversas entre ambos giravam sempre sobre a família, a viagem, a invasão, e certa ocasião, tendo Miguel mais uma vez externado a Nádia a necessidade de chegar a Irkutsk antes de Ivan Ogareff, a moça quis saber o motivo, uma vez que a carta do czar não estava mais em seu poder. Miguel, porém, apertou os lábios e a jovem lhe respeitou o silêncio.

Mais três dias de caminhada, e Nádia, apesar do esgotamento físico, não tinha uma palavra de queixa. A viagem transcorria sem incidentes, sendo evidente, pelas ruínas e cadáveres encontrados no caminho, que a coluna tártara, que os aprisionara, marchava rapidamente para o leste. A vanguarda do emir ainda não fora pressentida e Miguel fazia a esse respeito inúmeras conjeturas.

Nádia, cada vez mais exausta, agora apenas se arrastava. Às vezes não podia sequer dar um passo, e Miguel, tomando-a nos braços, apresentava a oportunidade para andar mais depressa, já que não precisava poupá-la.

A 18 de setembro avistaram o rio Dinka e entraram numa aldeia. À noite, apesar da estafa de Nádia, resolveram tentar a travessia do rio, mas pararam de repente, ouvindo o latido de um cão, seguido de um grito de desespero.

— Nicolau! — gritou Nádia. E, puxando Miguel pelo braço, dirigiu-se para o local de onde partiam os ladridos. Uma voz chamando por Miguel chegou-lhes ao ouvido, e avistaram Serco ensanguentado, tentando afugentar um abutre que voava bem próximo do solo. A ave enraivecida feriu o cão na cabeça e Serco caiu morto.

Uma cabeça logo adiante emergia do chão e Nádia reconheceu Nicolau, enterrado até o pescoço, ali deixado havia três dias pelos tártaros, para morrer de fome e sede. Os abutres já o teriam morto se o cão não o defendesse. À aproximação dos amigos, Nicolau abriu os olhos, fechando-os, porém, em seguida, pela última vez.

Miguel conseguiu desenterrá-lo, mas o coração do moço já tinha cessado de bater, e Strogoff compreendeu que lhe restava apenas abrir uma cova para nela depositar o amigo morto e o seu cão fiel.

Nesse momento, um ruído, a princípio longínquo mas crescendo rapidamente de intensidade, fez-se ouvir na estrada. Apesar de não ter dúvidas de que era a vanguarda do emir em marcha para Irkutsk, Miguel não interrompeu sua tarefa, e em breve Nicolau dormia em paz, protegido contra o assalto dos lobos da estepe. Nádia e seu companheiro fizeram uma rápida oração, e Miguel, tomando a moça nos braços, foi seguindo pela estepe. Depois de andarem mais de cem verstas, eles mesmos não saberiam dizer como o conseguiram. Atingiram os contrafortes dos montes Saiansk e, ao cabo de doze dias, a 2 de outubro, às seis da noite, uma imensa extensão de água surgiu à sua frente.

Era o lago Baikal.

O BAIKAL E O ANGARA

O lago Baikal é uma imensa bacia de água doce que, embora alimentada por mais de trezentos rios, tem apenas um único escoadouro — o Angara, que, depois de passar por Irkutsk, vai se jogar no Ienissei.

Miguel Strogoff, trazendo Nádia nos braços, encontrava-se a apenas sessenta verstas da embocadura do Ancara, e achando-se esta distante oitenta verstas de Irkutsk restava-lhe ainda percorrer cento e quarenta verstas para chegar ao fim da viagem — talvez três dias de marcha para um homem sadio, a pé.

Ao se aproximarem do lago, a moça ainda nos braços do companheiro avistou um grupo de pessoas paradas à beira da água. Assustou-se, pensando que fossem tártaros, mas logo se tranquilizou ao perceber que eram russos e desmaiou na emoção da descoberta.

Avistados pelos integrantes do grupo, foram logo depois conduzidos a uma espécie de jangada, presa à beira da pequena praia. Os russos, que fugiam dos batedores tártaros, pretendiam refugiar-se em Irkutsk e, como o inimigo era senhor da estepe, esperavam atingir a cidade pelo Angara, tendo construído, com esse objetivo, uma jangada semelhante às que costumam descer os rios siberianos, utilizando a madeira dos pinheiros abundantes na região.

Depois de realizarem uma ligeira refeição, Miguel e Nádia subiram na jangada em companhia dos russos e, deitando-se numa improvisada cama de folhagem, a moça imediatamente adormeceu. Miguel, fazendo-se passar por um habitante de Krasnoyarsk, nada contou aos russos do que acontecera em Tomsk, limitando-se a dar-lhes algumas informações sobre o avanço dos invasores tártaros. Os russos compreenderam a necessidade de partirem com urgência, tanto mais que o frio aumentava e vários bancos de gelo já começavam a se formar na superfície do Baikal. Às oito da noite a jangada partiu, impelida por grandes varas manobradas por alguns mujiques com a ajuda da correnteza.

O grupo de russos era composto por pessoas das mais diversas condições sociais, inclusive alguns monges e um pope, simples cura de aldeia como existem milhares espalhados pelo Império Russo. Um velho marinheiro do Baikal assumira o comando da nave improvisada.

Pelas quatro da tarde do dia seguinte, chegavam à embocadura do Angara, e, no pequeno porto deserto, enquanto a jangada era submetida a alguns reparos, Nádia de repente avistou os dois jornalistas estrangeiros, que, descobrindo a jangada, correram para a praia, pedindo para serem incluídos no grupo.

Receando que sua identidade fosse revelada, pois Jolivet e Blount já sabiam que ele era um correio do czar, Miguel procurou ocultar-se no meio de alguns companheiros. Os fugitivos, depois de concordarem em conduzir os jornalistas, explicaram que pretendiam descer o rio à noite, escondendo-se dos tártaros, e, quando os estrangeiros lhes quiseram pagar a passagem, o comandante lhes declarou que o risco de vida já era um preço mais que suficiente.

Acabavam os dois correspondentes de instalar-se na proa da jangada, quando a mão de Nádia lhes tocou no ombro e, com um dedo nos lábios pedindo silêncio, a moça os levou até Miguel, a quem apertaram a mão.

Miguel lhes disse em voz baixa:

— Meus senhores, peço-lhes que respeitem o meu segredo. Nesta jangada ninguém sabe quem sou nem o que vim fazer na Sibéria.

Os dois o prometeram, sob palavra de honra, e ofereceram-lhe auxílio, mas Miguel recusou, alegando que pretendia agir só, pois, embora cego, tinha os olhos de Nádia para substituir os seus.

Meia hora mais tarde a jangada já navegava no rio. Jolivet e Blount contaram a Miguel as notícias mais recentes sobre a invasão, inclusive que as três colunas tártaras já haviam se reunido diante de Irkutsk, falando-lhe depois da sua satisfação ao presenciarem a bela chicotada com que Miguel cortara a face do traidor Ogareff. Nádia narrou-lhes em seguida os sofrimentos que haviam enfrentado para chegar até ali.

A jangada corria velozmente, protegida pela noite, enquanto os mujiques afastavam com as varas os blocos de gelo que a ameaçavam mais de perto.

ENTRE AS DUAS MARGENS

Os viajantes sofriam terrivelmente com o intenso frio e se aconchegavam uns aos outros, procurando algum calor. Miguel e Nádia, que já se recuperara da exaustão, suportavam em silêncio mais essa provação, o mesmo acontecendo com os seus dois amigos.

De vez em quando o incêndio de uma floresta ou de uma aldeia lançava os seus clarões sobre o rio, sem contudo ameaçar a jangada e os viajantes. Um grave perigo, porém, foi descoberto casualmente por Jolivet, que, deitado à borda da embarcação, mergulhara a mão na água e surpreendera-se com sua consistência viscosa. O francês cheirou a mão e verificou que era nafta, um óleo mineral altamente combustível, por certo proveniente de uma das muitas fontes de petróleo existentes na região. Uma simples faísca seria o bastante para incendiar a superfície do Angara, sendo talvez aconselhável encostar a uma das margens, desembarcar, esperar. Certo, porém, de que Miguel Strogoff se oporia terminantemente a qualquer interrupção da viagem, resolveu nada dizer aos companheiros.

Cerca das dez da noite, Blount julgou perceber vários vultos escuros que se moviam sobre os blocos de gelo e saltando de um para outro se aproximavam rapidamente. Pensando que fossem os tártaros, o inglês deu o alarme, mas o comandante lhe explicou que se tratava de lobos, furiosos e famintos, que logo os atacariam e teriam de ser repelidos a pau e a faca, pois não podiam empregar armas de fogo para não atrair a atenção dos invasores. Efetivamente, os lobos não tardaram a investir contra a jangada, e os viajantes começaram a defender-se como podiam. Miguel, de faca em punho, não errava um golpe e já tinha feito várias vítimas, o mesmo acontecendo com os dois estrangeiros. Embora morressem um após outro, os lobos pareciam não acabar nunca. Já exaustos de lutar contra as feras, os viajantes viram um grupo de dez grandes lobos, ferocíssimos, escalar a plataforma da balsa e avançar na sua direção. Miguel, Jolivet e Blount prepararam-se para enfrentar os animais, mas, de repente, espantados pelo intenso clarão provocado pelo incêndio de uma aldeia ribeirinha, os lobos abandonaram a jangada e se afastaram pelos blocos de gelo. Embora livres dos lobos, os viajantes compreenderam que novo perigo os ameaçava, pois a aldeia em chamas era um sinal evidente da presença dos tártaros. Daí para diante, até além de Irkutsk, ambas as margens estavam ocupadas pelos invasores e eles teriam de enfrentar o trecho mais perigoso da viagem, quando ainda se encontravam a trinta verstas da cidade. Os fugitivos deitaram-se na jangada, evitando qualquer movimento que os traísse. Para sorte dos viajantes, os tártaros, entregues ao incêndio e ao saque, não olhavam para o rio, e a ausência de vento eliminava a possibilidade de vir alguma fagulha a alcançar a superfície oleosa do rio. Jolivet e Blount tremiam só de pensar nessa eventualidade.

Pela meia-noite o leito do rio mostrava-se parcialmente obstruído, dificultando enormemente a navegação e constituindo nova e séria ameaça para os fugitivos, pois, se os blocos de gelo chegassem a impossibilitar o movimento da jangada, os tártaros fatalmente os veriam quando o dia clareasse e seriam todos massacrados.

Uma hora depois, num ponto em que o rio se estreitava muito, a jangada chocou-se contra a barragem de blocos de gelo e não pôde mais avançar, apesar dos desesperados esforços dos viajantes, que percebiam claramente as luzes e os ruídos dos postos avançados tártaros.

E de repente, para maior aflição dos pobres fugitivos, partiu de ambas as margens do rio um cerrado tiroteio e ninguém teve mais dúvidas de que os tártaros os tinham descoberto.

Compreendendo a necessidade de uma ação imediata, Miguel chamou Nádia em voz baixa e lhe explicou que precisavam sair da jangada e atravessar a barragem de gelo sem que fossem percebidos.

A moça não fez qualquer objeção e pouco depois deslizavam para o gelo, protegidos pela escuridão, enquanto o tiroteio continuava implacável sobre os ocupantes da embarcação. Avançavam de rastros, penosamente, cortando as mãos nas arestas geladas, mas dez minutos depois tinham atingido a borda inferior da barragem, onde as águas do Angara de novo estavam livres. Alguns blocos deslizavam na correnteza, outros, embora ainda presos à barragem, podiam ser facilmente removidos.

Nádia compreendeu a ideia de Miguel. Um dos blocos apenas se ligava à barragem por uma estreita superfície de gelo. "Venha", disse Miguel, e, depois de se estenderem sobre o bloco, libertou-o da barragem com um movimento de corpo. E o bloco começou a deslizar no rio, que agora de novo se alargara.

Miguel e Nádia escutavam penalizados os gritos dos feridos, o tiroteio incessante, as imprecações dos tártaros, mas nada podiam fazer em benefício dos fugitivos.

Durante meia hora o bloco de gelo deslizou na correnteza, levando Miguel e Nádia que a todo instante temiam vê-lo afundar. O bloco no entanto continuava bem firme no centro do rio e o rapaz foi aos poucos se convencendo de que conseguiriam chegar ao cais de Irkutsk.

Cerca das duas da manhã, uma dupla linha de luzes clareou as margens do rio, à direita as da cidade de Irkutsk, à esquerda as do acampamento tártaro.

— Enfim! — ia dizendo Miguel, quando Nádia soltou um grito de pavor. Miguel voltou-se para trás e viu que a correnteza do Angara estava em chamas. O bloco de gelo vacilou, e Miguel bradou, desesperado:

— Parece que até mesmo Deus está contra nós!

IRKUTSK

Irkutsk, capital da Sibéria Oriental, era a residência do governador-geral. Sua guarnição se compunha de um regimento de infantaria de cossacos e de um corpo de gendarmes, servindo no momento de domicílio provisório ao grão-duque, irmão do imperador, que, depois de percorrer a Sibéria em viagem oficial, fora, de volta a Irkutsk, surpreendido pela invasão tártara. Com os fios do telégrafo cortado, o príncipe perdera qualquer comunicação com o resto do mundo e nada mais lhe restava senão organizar a resistência, para a qual, diante das notícias da queda de Ishim e várias outras cidades siberianas, só deveria contar com os recursos locais. Depois de um exame demorado da situação, resolveu sua alteza preparar a cidade para um cerco prolongado, convocando os habitantes da província a abandonarem suas povoações e a se refugiarem na capital. Todas as provisões existentes foram requisitadas, e o lado esquerdo do rio, considerado o ponto mais vulnerável da defesa da cidade, foi protegido por uma densa barragem de fogos, tornando quase impossível a travessia. Não dispondo Irkutsk de fortificações, toda a população se empenhou, dia e noite, no levantamento de trincheiras, e oito dias antes da chegada dos tártaros já tinham sido concluídas as muralhas de terra batida e cavado um largo fosso para o qual foram canalizadas as águas do Angara.

A 24 de setembro surgiu diante de Irkutsk a terceira coluna tártara, que acampou à margem esquerda do rio à espera das outras duas colunas, comandadas pelo emir e seus aliados. A junção operou-se a 25 de setembro, quando todo o exército invasor ficou sob o comando de Feofar Khan. Ivan Ogareff, convencido da impraticabilidade da travessia do rio diante de Irkutsk, determinou que a operação fosse realizada a algumas verstas abaixo da cidade, o que o grão-duque não pôde impedir por falta de artilharia; e assim foi completado o cerco de Irkutsk, para cólera do traidor, que esperara apanhar a cidade de surpresa. O emir, a conselho de Ogareff, tentou por duas vezes o assalto, nos pontos mais fracos das fortificações, mas as forças do grão-duque conseguiram repelir os atacantes.

Ogareff resolveu então obter com a traição o que a força não lhe pudera proporcionar. Com a ajuda da cigana Sangarra, poria em execução seu velho plano de penetrar na cidade, conquistar a confiança do grão-duque e, no momento oportuno, abrir aos sitiantes uma das portas da capital. O avanço das tropas russas, que dentro de seis dias poderiam chegar a Irkutsk, dava a esse projeto um caráter de urgência.

Na noite de 2 de outubro reuniu-se no palácio do governo um conselho de guerra sob a presidência do grão-duque. Estudada detalhadamente a situação, concluíram os participantes que a cidade poderia resistir até a chegada das tropas de socorro. Os tártaros, se outro meio não encontrassem para transpor o rio, não o conseguiriam utilizando blocos de gelo, pois o Angara, devido à rapidez de sua correnteza, jamais congelaria, por mais que baixassem os termômetros.

Um representante dos quinhentos exilados políticos de Irkutsk compareceu, em seguida, diante do conselho, transmitindo ao grão-duque o pedido de seus companheiros, que desejavam formar um corpo especial combatente. O grão-duque concordou, satisfeito e emocionado, e determinou que os exilados indicassem um chefe, tendo então sido informado de que esse chefe já fora escolhido e chamava-se Vassili Fédor, médico conceituado, homem culto e caridoso, corajoso e patriota.

Sua alteza determinou que o trouxessem à sua presença e, pouco depois, apresentava-se na sala do conselho um homem de uns quarenta anos, de fisionomia triste, que saudou respeitosamente o irmão do imperador e aguardou em silêncio que lhe dirigissem a palavra. A incerteza do destino de sua filha Nádia, que deixara Riga alguns dias antes da invasão para vir ao seu encontro em Irkutsk, aumentara-lhe ainda mais a amargura do exílio.

O grão-duque cumprimentou Fédor, notificou-o de que lhe dera o comando do corpo de exilados e terminou:

— Comandante Fédor, saiba que não é mais um exilado.

— Obrigado, alteza, mas posso comandar os que ainda o são?

— Eles também não são mais exilados. O czar não recusará aprovação à graça que concedo em seu nome.

Bateram dez horas. O grão-duque ia despedir seus oficiais e conselheiros, quando vozes excitadas soaram no aposento vizinho e um ajudante de campo entrou no salão:

— Alteza, um correio do czar!

UM CORREIO DO CZAR

Um homem, com ar exausto, em trajes de camponês siberiano em farrapos, apresentou-se diante do grão-duque. Uma cicatriz recente lhe cortava a face. O calçado gasto demonstrava que ele devia ter feito a pé grande parte da viagem.

— Sua alteza o grão-duque? — perguntou o homem ao entrar.

E, depois de um aceno afirmativo de cabeça do irmão do czar, apresentou-se:

— Miguel Strogoff, do corpo de correios do czar, saído de Moscou a 15 de julho...

Certo de que ninguém o conhecia em Irkutsk, Ivan Ogareff — pois não era outro o pretenso correio do czar — resolvera assumir a identidade de Miguel Strogoff, cujos documentos pessoais roubara, e, na qualidade de emissário do imperador, aproximar-se do grão-duque e assassiná-lo, apressando assim o desfecho do drama da invasão.

Sua alteza fez sinal para que todos se retirassem e pediu ao correio a carta de seu irmão. Ogareff lhe apresentou um papel muitas vezes dobrado, explicando que lhe retirara o envelope para melhor o esconder aos soldados do emir durante os dias em que fora prisioneiro dos tártaros.

O grão-duque examinou atentamente a assinatura da carta e, depois de certificar-se da sua autenticidade, leu-a e releu-a, lentamente, indagando em seguida do correio se lhe conhecia o conteúdo.

Ogareff respondeu que resolvera decorá-la, pois poderia ser obrigado a destruí-la para evitar que caísse nas mãos dos tártaros.

— Sabe então dos movimentos de tropas ordenados para deter a invasão?

O traidor pôs-se então a fazer uma hábil narrativa, verdadeira em suas linhas gerais, mas alarmante e mentirosa na exagerada estimativa das vitórias tártaras e das derrotas russas, cujas perdas assumiam proporções tão impressionantes que o grão-duque chegou a empalidecer. E concluiu avaliando as tropas tártaras, concentradas em Irkutsk, em quatrocentos mil homens.

— E não deve esperar nenhum socorro das províncias do oeste, alteza, antes do fim do inverno.

O grão-duque exclamou:

— Mesmo que não receba nenhum reforço, mesmo que esses bárbaros cheguem a seiscentos mil, não entregarei Irkutsk.

Após uma longa pausa, o príncipe indagou:

— Nesta carta meu irmão me previne contra um traidor, que pretende entrar em Irkutsk e me entregar aos tártaros.

— Sim, alteza. Dizem que Ivan Ogareff jurou vingar-se de vossa alteza pela humilhante degradação a que o condenou. Sua majestade o czar também me preveniu contra o traidor. Encontrei-o depois da batalha de Krasnoyarsk, de onde escapei lançando-me ao Irtixe. Ogareff não me pouparia se soubesse que eu era portador de uma carta endereçada a vossa alteza.

A uma pergunta do grão-duque, respondeu que entrara em Irkutsk durante uma sortida contra os tártaros, na qual se misturara aos defensores da cidade.

O grão-duque recomendou-lhe então que estivesse atento para a possibilidade do aparecimento de Ogareff, já que o podia identificar, e determinou-lhe que se integrasse à sua guarda pessoal, instalando-se no palácio.

Ivan Ogareff conseguira, portanto, realizar parte de seu infame desígnio. Tendo pressa de tomar a cidade antes da chegada dos reforços russos, procurou insinuar-se entre os defensores, abatendo-lhes o moral com exageradas narrativas das batalhas perdidas e constantes alusões aos insignificantes efetivos dos socorros esperados.

Vassili Fédor soube da chegada de um correio de Moscou e correu a procurá-lo, na esperança de obter alguma notícia da filha. Ogareff, que ignorava ser a jovem a "irmã" de Miguel Strogoff, deu-lhe uma resposta cruel:

— O melhor que o senhor pode esperar é que ela tenha desistido da viagem, ao ter conhecimento da invasão.

Vassili afastou-se, desesperado. Conhecia a filha e sabia que nada impediria Nádia de partir.

Mais de uma vez o grão-duque mandou chamar o pretenso correio, pedindo-lhe que repetisse em detalhes sua entrevista com o czar, e Ogareff aproveitava a oportunidade para acentuar quanto o imperador fora surpreendido pela invasão e o despreparo das tropas russas para enfrentá-la com sucesso.

Livre para ir e vir aonde e quando desejasse, o traidor pôde estudar com cuidado os pontos fracos da defesa da cidade, particularmente na porta Bolchaia. O emir, a conselho de Ogareff, concordara em suspender as hostilidades, mas estava pronto a atacar Irkutsk no momento em que seu aliado julgasse mais favorável.

Certa noite, o falso correio dirigiu-se à porta Bolchaia, onde o esperava Sangarra, e entregou-lhe um bilhete endereçado ao emir, no qual informava Feofar Khan de que resolvera entregar Irkutsk na noite seguinte, 5 para 6 de outubro.

A NOITE DE 5 PARA 6 DE OUTUBRO

Ogareff planejara retirar os defensores da porta Bolchaia, concentrando-os em determinados pontos, acima e abaixo do rio, através dos quais os tártaros simulariam atacar a cidade.

Durante o dia 5 reinou grande agitação no campo dos tártaros, que movimentaram ostensivamente suas tropas para os falsos pontos de ataque, confirmando com essa manobra a informação de Ogareff ao grão--duque de que os invasores planejavam atacar Irkutsk por aqueles pontos, cuja defesa aconselhou o príncipe a reforçar, com elementos retirados de outros locais menos ameaçados. A guarnição da cidade preparou--se, em consequência, para o ataque reforçando especialmente os locais indicados, deixando a defesa das demais posições a cargo de uma pequena guarnição. A porta Bolchaia, portanto, não poderia resistir por muito tempo à investida tártara.

A noite chegou, muito escura, favorecendo os planos de Ogareff. O frio era extremamente intenso e os blocos de gelo, entrechocando-se na correnteza forte do rio, impediam aos tártaros a travessia por barcos ou balsas, o que parecia tranquilizador para os sitiados. Cerca das dez horas da noite, porém, os blocos de gelo foram desaparecendo, retirados provavelmente por alguma barragem gelada, num ponto estreito do curso do rio, abrindo assim aos tártaros o caminho fluvial.

Contudo, até as duas da manhã, nada aconteceu, e a guarnição russa começou a acreditar que o ataque não se realizaria, talvez por equívoco na informação da data.

Exatamente às duas horas, no entanto, Ivan Ogareff, que permanecera no seu quarto do palácio, chegou à janela voltada para o Angara, acendeu uma mecha de estopa impregnada de pólvora e atirou-a no rio.

A espessa camada de óleo mineral que cobria a superfície do rio fora ideia de Ivan Ogareff, que resolvera utilizar as fontes de nafta exploradas acima de

Irkutsk, e para incendiar a cidade ordenara para isso que fosse derrubada a parede de um dos grandes reservatórios para que a nafta, por gravidade, caísse no rio e se misturasse às suas águas.

Caindo nas águas do Angara, a estopa imediatamente provocou um violento incêndio, que se propagou com incrível rapidez pelos edifícios ribeirinhos, destruindo-os completamente.

Foi o sinal para que os tártaros iniciassem uma cerrada fuzilaria e se precipitassem ao ataque.

A ameaça simultânea de assalto e incêndio mobilizou toda a população da cidade, que se dividiu entre o combate às chamas e a resistência ao avanço das forças invasoras.

Ivan Ogareff, que aconselhara o grão-duque a entregar a defesa da porta Bolchaia ao corpo de exilados, contando com o auxílio de seus componentes para facilitar-lhe os planos, para lá se dirigia quando uma mulher se precipitou no quarto.

— Sangarra! — exclamou surpreendido o traidor, julgando tratar-se da cigana.

Mas logo percebeu o engano, pois era Nádia e não Sangarra quem estava à sua frente.

Ao ouvir o grito de Nádia e perceber o incêndio que se alastrava pelo rio, Miguel tomara a moça nos braços e procurara abrigo na profundeza das águas, nadando em seguida sob a superfície na direção do cais, já bastante próximo do local em que se encontravam. Ali chegando, disse o rapaz a Nádia:

— Vamos ao palácio do governador!

Poucos minutos mais tarde, chegavam ao palácio, cujos alicerces de pedra as chamas tentavam em vão destruir enquanto ao longo das margens do rio todas as casas ardiam. Favorecidos pela confusão geral, os dois conseguiram entrar facilmente no palácio, mas logo se perderam um do outro no tumulto reinante nos salões e corredores. Angustiada, Nádia começou a percorrer as dependências do palácio chamando por Miguel e pedindo para ser levada à presença do grão-duque. Penetrando em dado momento num aposento cuja porta acabava de abrir-se, encontrou-se face a face com o terrível inimigo.

— Ivan Ogareff! — gritou a moça, surpreendida pelo encontro inesperado.

Ao ouvi-la pronunciar seu nome, o traidor não teve senão um pensamento: *Silenciar a jovem desconhecida, antes que descobrissem sua verdadeira identidade.* Avançou para Nádia, disposto a matá-la, mas a moça, com um punhal na mão, encostou-se à parede e gritou mais uma vez: "Ivan Ogareff!", na esperança de que o nome odiado trouxesse alguém em seu auxílio. Enfurecido, o traidor tirou um punhal da cintura, lançou-se sobre Nádia e estava prestes a golpeá-la quando sentiu que lhe arrancavam o punhal da mão. Miguel Strogoff ouvira os gritos de Nádia e viera em socorro da companheira.

— Cuidado, meu irmão! Ele está armado e enxerga! — preveniu a moça, vendo Ogareff precipitar-se sobre Miguel. Este, porém, conseguiu agarrar-lhe o braço e, torcendo-o com violência, derrubou o traidor. Ogareff, que reconhecera Strogoff, lembrou-se de que trazia uma espada e, desembainhando-a, investiu mais uma vez contra o adversário, julgando que não teria dificuldade em vencer um cego.

Nádia correu para a porta, disposta a pedir socorro, mas Miguel mandou-a ficar onde estava e preparou-se para enfrentar Ogareff, tendo apenas como arma sua faca siberiana.

Com um salto, Ogareff lançou um golpe de espada contra o peito de Miguel, que conseguiu apará-lo com um leve movimento da faca. O traidor tentou novo golpe, igualmente desviado por Miguel.

Surpreso, Ivan Ogareff fixou o olhar nos olhos arregalados do cego.

— Ele enxerga, ele enxerga! — gritou de repente, recuando apavorado.

Avançando para o traidor, Miguel confirmou:

— Sim, enxergo! Enxergo o golpe de cnute com que marquei teu rosto, covarde! Defende-te!

Ivan Ogareff sentiu-se perdido, mas reagindo contra o medo foi ao encontro de Strogoff. As lâminas se cruzaram uma, duas vezes, e então, com um golpe violento, a faca do siberiano fez voar a espada do adversário e mergulhou no coração do traidor. Ivan Ogareff soltou um grito de dor e tombou sem vida aos pés de Miguel.

Nesse instante a porta se abriu e o grão-duque entrou no aposento, seguido de alguns oficiais. Reconhecendo o cadáver, o príncipe indagou, ameaçador:

— Quem matou este homem?

— Eu — respondeu Miguel Strogoff.

— E quem é você? — quis saber o grão-duque, antes de mandar prender o desconhecido.

— Vossa alteza devia antes perguntar o nome do morto.

— Conheço-o! É um servidor de meu irmão. Um correio do czar!

— Esse homem, alteza, não é um correio do czar. É Ivan Ogareff!

— Ogareff! E você, quem é?

— Miguel Strogoff.

XXXII

CONCLUSÃO

Miguel Strogoff não ficara cego depois do suplício a que o condenara Feofar Khan. Um fenômeno simples neutralizara a ação da lâmina incandescente.

Lembremo-nos de que Marfa Strogoff estava presente no momento em que a sentença era executada, e Miguel, olhando-a com a angústia de um filho que vê a mãe pela última vez, tinha lágrimas nos olhos. Lágrimas abençoadas que o salvaram da cegueira, pois a camada de vapor por elas formada interpôs-se entre o sabre ardente e as pupilas do condenado, anulando a ação do calor. Efeito idêntico ao que obtém o fundidor que, mergulhando a mão na água, pode impunemente tocar num jato de ferro em fusão.

Miguel compreendera imediatamente o perigo que correria se alguém descobrisse seu segredo e a vantagem que lhe traria essa situação para a execução dos seus planos, pois se o imaginassem cego deixá-lo-iam livre. Deveria, pois, fingir-se cego, até mesmo diante de Nádia, evitando, assim, qualquer gesto involuntário que o pudesse trair. Só à mãe dissera a verdade, quando lhe falara ao ouvido depois de beijá-la, no local do suplício.

Assim, quando Ivan Ogareff, por cruel ironia, lhe pusera diante dos olhos a carta imperial, Miguel a pudera ler perfeitamente, tomando desse modo conhecimento dos odiosos projetos do traidor. Daí seu terrível empenho de chegar a Irkutsk antes de Ogareff, para salvar a cidade e a vida do grão-duque.

Depois de narrar ao príncipe as peripécias da jornada e o papel desempenhado por Nádia durante o seu transcurso, Miguel explicou-lhe que a jovem era filha do exilado Vassili Fédor.

— Filha do comandante Fédor — corrigiu o grão--duque. — Não há mais exilados em Irkutsk.

Nádia, agradecida e emocionada, caiu de joelhos aos pés do grão-duque e uma hora mais tarde estava nos braços do pai.

O corpo de exilados conseguira esmagar o assalto à porta Bolchaia, os tártaros foram repelidos em todas as frentes e os sitiados em pouco tempo dominavam o incêndio, que só chegara a destruir as casas à margem do rio. Antes do clarear do dia, as tropas de Feofar Khan haviam regressado ao acampamento com inúmeros mortos, entre os quais a cigana Sangarra.

Os invasores, desorientados com a morte de Ogareff, a alma sombria da invasão, não tentaram novo ataque, embora mantivessem o cerco da cidade.

A 7 de outubro troaram finalmente os canhões do exército de socorro e os tártaros, receando uma batalha em campo aberto diante da cidade, levantaram acampamento.

Irkutsk estava livre.

Dois velhos amigos de Miguel e Nádia — os correspondentes Blount e Jolivet — acompanhavam as tropas russas e se mostraram radiantes com o reencontro, pois os julgavam mortos pelos invasores. E ainda mais alegres ficaram ao saber que Miguel não estava cego.

A campanha representara um completo desastre para o emir, cujas tropas em retirada foram implacavelmente perseguidas pelo exército do czar, que reconquistara todas as cidades ocupadas pelos tártaros. E o terrível inverno acabou por dizimar as hordas invasoras, das quais apenas uma pequena parte regressou às estepes da Tartária.

Embora tivesse pressa em voltar a Moscou, o grão-duque retardou prazerosamente a viagem para servir de testemunha a um casamento.

Miguel, em visita a Nádia, perguntara-lhe certo dia em presença do velho Vassili:

— Nádia, seu coração estava livre quando nos encontramos?

— Sim, Miguel.

— Não acha então que, se Deus nos fez passar juntos tantas provações, era Seu desígnio nos reunir para sempre?

Nádia caiu nos braços de Miguel Strogoff, e Vassili Fédor os abençoou, chamando-os de filhos.

A cerimônia matrimonial teve lugar na catedral de Irkutsk, e quase toda a população a ela compareceu, homenageando os dois jovens, cuja odisseia se tornara lendária.

Alcide Jolivet e Harry Blount também figuravam entre os assistentes, e o francês perguntou ao amigo:

— Não está com inveja?

— Bem — respondeu o inglês —, se eu tivesse uma prima, como você...

— Minha prima não pensa em casamento! — tornou Jolivet, rindo.

— Ótimo, porque ouvi falar que estão muito tensas as relações entre Londres e Pequim! Você não tem vontade de ir ver o que se passa na China?

E foi assim que os dois inseparáveis jornalistas partiram para a China!

Poucos dias depois, o novo casal, acompanhado por Fédor, retomava o caminho da Europa, reunindo-se em Omsk à velha Marfa, que os recebeu com apaixonado carinho.

Em Petersburgo, onde se fixaram, o moço correio foi recebido em audiência especial pelo czar, que o nomeou para um cargo de confiança e lhe concedeu a cruz de São Jorge.

Miguel Strogoff chegou a atingir uma alta posição no Império, mas não é a história de seus êxitos, e sim a de suas provações, que merecia ser contada.

SOBRE O AUTOR
E A TRADUTORA

Júlio Verne nasceu em Nantes (França), em 1828. Enquanto trabalhava como corretor na Bolsa de Valores de Paris, passou a sonhar com um novo tipo de romance que combinasse ciência e aventura. Em 1862, junto ao editor Pierre-Jules Hetzel, publicou a primeira das *Viagens extraordinárias*. O livro se tornou um *best-seller* internacional, e Verne foi contratado para escrever uma coleção de ficção científica, o que o levou a se dedicar à escrita em tempo integral. Escreveu mais de cinquenta livros, deixando diversos manuscritos quase completos. Atualmente é considerado um dos autores mais traduzidos do mundo. Seus livros, que se tornaram grandes sucessos inclusive no cinema, influenciaram também a ciência e a tecnologia. Em 1954, a Marinha dos Estados Unidos batizou de *Nautilus* o primeiro submarino nuclear do mundo, em homenagem ao meio de transporte do Capitão Nemo, de *Vinte mil léguas submarinas*. E, por mais de um século, a humanidade vem seguindo os passos de Phileas Fogg, de *A volta ao mundo em 80 dias*, tentando circunavegar o globo terrestre em tempo recorde. Júlio Verne faleceu em 1905, em Amiens (França).

Rachel de Queiroz nasceu em Fortaleza (CE), em 1910. É uma das mais importantes autoras de língua portuguesa. Foi escritora, tradutora e jornalista. Em 1915, transferiu-se para o Rio de Janeiro com a família, fugindo de uma das mais terríveis secas que fustigaram o nordeste do Brasil. Seu primeiro e mais conhecido livro, *O Quinze*, publicado em 1930, narra essa tragédia nacional. Autora de destaque na ficção social nordestina, foi a primeira mulher a integrar a Academia Brasileira de Letras, em 1977, e também a primeira mulher a vencer o Prêmio Camões, em 1993. Recebeu diversas distinções de grande relevância, como o Prêmio Machado de Assis, Prêmio Jabuti, Ordem do Mérito Nacional e títulos de doutor *honoris causa*. Sua vasta obra reúne romances, contos, peças e crônicas, alguns adaptados para o formato audiovisual. Faleceu no Rio de Janeiro (RJ) em 2003.

A primeira edição deste livro
foi impressa nas oficinas da

GEOGRÁFICA

para a

EDITORA JOSÉ OLYMPIO LTDA.

em janeiro de 2022.

90º aniversário desta Casa de livros,
fundada em 29.11.1931

• • • • •

Esta edição foi composta em
Adobe Caslon Pro,
Archive Antiqua Extra Condensed,
Archive Antique Extended
e Courier New.